W0291607

LA PASSION
DE LA MÉCHANCETÉ

Une contre-histoire de la littérature

Le principe de la contre-histoire consiste soit à envisager des œuvres dont on ne parle pas, soit à considérer de façon alternative des œuvres dont on parle.
Une contre-histoire de la littérature permet donc d'envisager soit des œuvres oubliées, soit des œuvres connues, voire très connues, sinon des chefs-d'œuvre, pour examiner ce qu'elles ont à nous dire et qui n'aurait pas encore été dit.
Partant du principe que des grandes œuvres de la littérature occidentale ont généré des substantifs utiles au travail des philosophes, cette contre-histoire de la littérature examine un chef-d'œuvre par siècle, du Moyen Âge au XXe, et le concept auquel il donne naissance pour penser l'universel : dantesque, rabelaisien, quichottesque, sadique, bovaryque et kafkaïen.

Dans cette série de six volumes, Michel Onfray propose ainsi une lecture philosophique de quelques chefs-d'œuvre de la littérature européenne :
- Moyen Âge : Dante et *La Divine Comédie*
- XVIe siècle : Rabelais et *Gargantua*
- XVIIe siècle : Cervantès et *Don Quichotte*
- XVIIIe siècle : Sade et *Les Cent Vingt Journées de Sodome*
- XIXe siècle : Flaubert et *Madame Bovary*
- XXe siècle : Kafka et *Le Procès*

© Michel Onfray et les Éditions Autrement, Paris, 2014.
www.autrement.com

Une contre-histoire de la littérature

LA PASSION DE LA MÉCHANCETÉ

Sur un prétendu divin marquis

Michel Onfray

Collection **Universités populaires & Cie**
Sous la direction de Michel Onfray
Éditions **Autrement**

« Une certaine disposition à la cruauté,
envers soi-même et envers les autres,
est essentiellement chrétienne. »

Nietzsche, *L'Antéchrist*, § 21

Introduction

« La chienne de Buchenwald »

Tout le monde connaît les frasques d'Ilse Koch, mais peu savent son nom : les abat-jour en peau humaine dans les camps de concentration nazis, c'est elle – entre autres gestes maléfiques... La vie de cette femme racontée simplement, sans fioritures lyriques, mais avec la précision d'un anatomiste, donnerait un roman du marquis de Sade. Les tenants de la religion sadienne pousseront des cris : la littérature n'est pas le réel, la passion pour la méchanceté sur le papier dispenserait même du passage à l'acte ! Sade ne fut pas sadique ni sadien, tout juste un grand écrivain fantasmant ce qu'il n'a pas fait ! Vulgate freudienne...

À rebours de cette légende étayée par la scie musicale de la sublimation qui permettrait au pervers de l'être dans son œuvre justement pour ne pas l'être dans sa vie, la biographie de Sade montre que sa vie et son œuvre sont sadiques. L'écriture ne l'a pas dispensé d'action, elle n'était pas le substitut aux actes, mais son contrepoint. Sade était un délinquant sexuel et, *en même temps*, un écrivain. Le marquis est l'homme des affaires d'Arcueil, de Marseille, celui dans le jardin duquel on retrouve des ossements humains, l'individu coupable de séquestrations aggravées en réunion, de viols, de menaces de mort, de traitements inhumains et dégradants, de tortures, de tentatives d'empoisonnement, etc., *et* l'auteur de *La Philosophie dans le boudoir, Justine ou les Malheurs de la vertu* et bien d'autres livres. Gilbert Lely, son biographe le plus autorisé, rapporte les forfaits *et* les publications...

Ajoutons que Sade n'est pas seulement un écrivain. Sinon, peut-être n'aurais-je fait aucun cas de cette œuvre. Mais il s'avance également comme un philosophe, un penseur, un homme d'idées qui défend des thèses sur le bien et le mal, le vice et la vertu, la morale et l'immoralité, la religion et la politique, la métaphysique et l'athéisme, et les devoirs d'un écrivain nourri de fictions ne sont pas les mêmes que ceux d'un philosophe créateur de visions du monde et prescripteur d'actions. La proposition philosophique du marquis de Sade est radicalement matérialiste, athée, elle exploite les conséquences les plus outrées d'une philosophie de la nécessité. Elle développe à première vue un déterminisme qui exclut la liberté. L'œuvre complète de Sade dissimule sans guillemets qui signaleraient les citations des pages entières de philosophes matérialistes (Helvétius, Holbach, La Mettrie, Diderot) qui constituent les fondations de sa vision du monde : la Nature est toute-puissante, elle ignore le bien et le mal, il faut obéir à ses injonctions qui, pour Sade, se résument aux manifestations de la pulsion de mort.

Tous les philosophes de la nécessité affirment que le libre arbitre n'existe pas parce qu'une force fait la loi : cette force prend des noms différents au cours de l'histoire des idées, *logos* stoïcien, *conatus* spinoziste, *nisus* holbachien, *vouloir* schopenhauerien, *volonté de puissance* nietzschéenne. Pour Sade, cette énergie noire coïncide avec une libido mauvaise. Les philosophes de la nécessité produisent tous une sagesse à partir de cette lecture du monde : *y consentir...* Nous n'avons pas le choix, voulons ce qui nous veut, alors nous connaîtrons le bonheur d'être au monde.

On voit bien ce que devient cette logique chez le marquis : vouloir le vouloir qui nous veut, c'est s'abandonner à la libido mauvaise qui veut la destruction. La pulsion de mort freudienne est pensée comme une force qui habite dans la vie et veut l'état d'avant la vie – autrement dit : le néant. La plupart des psychanalystes ont refusé de suivre ce Freud d'après les années 1920 sur ce terrain qui biologisait sa pensée et obligeait, en toute bonne logique, à renoncer à sa métaphysique au profit d'une histologie en regard de laquelle la psychanalyse n'était d'aucune utilité...

Sade utilise donc le roman pour porter des idées – et si la fiction romanesque s'autorise tous les droits, qui peut croire qu'en matière d'idées, donc d'idéologie, tout soit possible ? Les personnages de ses fantaisies littéraires relèvent de son imagination ; leurs discours, de l'idiosyncrasie de l'auteur. Il écrit dans *La Philosophie dans le boudoir* : « Il ne faut pas plus s'enorgueillir de la vertu que se repentir du vice, pas plus accuser la nature de nous avoir fait naître bon que de nous avoir créé scélérat ; elle a agi d'après ses vues, ses plans et ses besoins : soumettons-nous » (131)... Nous n'aurions pas grand-chose à répondre à cette philosophie de la pure nécessité, sinon de la nécessité pure : si les choses sont ainsi, en effet, il ne reste qu'à se soumettre. Pas même besoin d'y inviter puisque la soumission fait également partie de la nécessité ! Mais Sade écrit *aussi* ceci : « La cruauté est dans la nature ; nous naissons tous avec une dose de cruauté que la seule éducation modifie ; mais l'éducation n'est pas dans la nature, elle nuit autant aux effets sacrés de la nature que la culture nuit aux arbres » (129). Sade affine étrangement sa théorie de la nécessité : elle est vraie pour la nature, mais la culture n'en fait pas partie ! Étrange paradoxe de croire que, dans la nature, quelque chose lui échappe

– en l'occurrence la culture... Où se situe donc la culture ? Hors nature ?
En bon lecteur de Rousseau, Sade croit qu'on peut opposer nature et culture, que la culture peut aller contre la nature, que l'éducation permet ce travail de contre-nature, qu'on peut *modifier*, c'est son mot, la cruauté dont on hérite naturellement. Et, en toute conscience, il choisit non pas l'éducation contre une nature mauvaise, mais la nature mauvaise contre l'éducation : en quoi il n'est pas un philosophe des Lumières, mais un penseur catholique pour qui la nature porte le mal. Sade, gnostique luciférien, triomphe sur le charnier de la Terreur en dernier penseur féodal ! La Révolution française emporte ce spécimen ontologique. Rusé, le marquis prétend épouser la cause révolutionnaire pour mieux sauver sa peau – nombre de sadiens s'avèrent de naïves victimes de sa ruse et transfigurent ce bourreau ontologique en victime politique...

Revenons-en à Ilse Koch : elle constitue une héroïne sadienne parfaite. Elle obéit à sa nature ;

et sa nature, c'est le mal. L'éducation, disons-le autrement, les conditions historiques auraient pu permettre autre chose, mais ce grand « Oui » au mal produit cette figure emblématique du national-socialisme. Cette femme qui fut surnommée « La chienne de Buchenwald » aurait pu proférer cette phrase de *La Philosophie dans le boudoir* : « Il n'y a aucune comparaison entre ce qu'éprouvent les autres et ce que nous ressentons ; la plus forte dose de douleur chez les autres doit assurément être nulle pour nous, et le plus léger chatouillement de plaisir éprouvé par nous nous touche ; donc nous devons préférer, à quel prix que ce soit, ce léger chatouillement qui nous délecte à cette somme immense des malheurs d'autrui qui ne saurait nous atteindre » (169). Une authentique profession de foi nazie... Quelles furent ces occasions de *chatouillements* chez Ilse Koch qui justifient de compter pour rien la *somme immense des malheurs d'autrui* ?

Ilse Koch naît le 22 septembre 1906 à Dresde d'un père contremaître et militant au Parti social-démocrate. Études primaires normales, bénévolat dans une bibliothèque, apprentissage de la sténodactylographie, secrétariat dans diverses entreprises. En 1934, célibataire âgée de vingt-huit ans, elle travaille dans une manufacture de cigarettes et rencontre son futur mari. Elle cesse de travailler. Hitler est au pouvoir depuis un an, elle a voté pour lui et milite au NSDAP depuis le 2 avril 1932.

Lorsqu'elle rencontre son mari, le 5 mai 1934, il compte dix ans de plus qu'elle, il est divorcé depuis 1931 et père d'un enfant. Né le 2 août 1897 à Darmstadt, d'un père fonctionnaire de l'état civil de la ville, mobilisé en 14-18, très anticommuniste, il participe aux premiers raids nazis contre les ouvriers dans les années 1920. Après des études commerciales, il devient employé de banque jusqu'en 1930, puis comptable. Trois fois il sera pris la main dans le sac pour escroquerie à ses employeurs : il falsifie les comptes. Il est emprisonné. À sa sortie de prison, il vit d'expédients.

En 1931, il adhère au Parti nazi. Ascension fulgurante : membre de la SS, les autorités détruisent son dossier. Le voilà blanchi. On l'oriente vers la répression des ennemis du Reich. Karl Koch fustige les athées, il est déiste, comme Hitler, et souscrit à la mystique SS. 1934 : il est Sturmbannführer de la SS encasernée à Dresde. Début 1935, il monte en grade et devient commandant du siège de la Gestapo à Berlin, puis commandant de la garde SS du camp de concentration d'Esterwegen avant d'en devenir le commandant. Elle habite avec lui dans le camp. Début 1937, il devient commandant de Sachsenhausen. Il épouse Ilse Koch dans le camp le 29 mai de cette année-là, ils vivaient maritalement depuis deux ans, elle était enceinte. Un mois plus tard, il devient commandant de Buchenwald, elle en sera « la Commandante ». Commence alors leur entreprise qui fait songer aux furies des *Cent Vingt Journées de Sodome* : cette rousse arrogante s'habille de façon provocante ; avec une veste de Tzigane et des bottes volées sur un cadavre, elle parcourt le camp de concentration sur son cheval nommé « Poupée » ; devant le camp rassemblé, elle assiste à deux pendaisons pour tentatives d'évasion et crie « bravo ! » au moment de l'exécution ;

elle s'essaie à créer une race de chien en croisant un loup et un berger allemand femelle, devant l'insuccès, elle rosse la chienne à mort ; elle assiste souvent aux appels des détenus, parfois dans les miradors et aux punitions quotidiennes – vingt-cinq coups de gourdin sur le corps d'un détenu ligoté sur un chevalet, la plupart du temps, la punition s'avère mortelle ; elle s'intéresse au fonctionnement du crématoire mobile de la Wehrmacht dès 1939 ; elle assiste aux premières incinérations dans le camp ; elle oblige un détenu à pénétrer dans un four ; elle insulte les déportés et les traite de « bandits », de « sales juifs », de « cochons », de « dégueulasses » ; elle tire parfois au hasard avec son revolver ; elle excite son chien sur les prisonniers et le lâche parfois pour les déchiqueter ; elle jette la coiffe d'un juif au-delà de la limite d'interdiction, la sentinelle l'oblige à la récupérer, puis l'abat ; elle frappe au visage avec sa cravache les forçats qui portent des pierres qu'elle estime trop petites ; elle fait conduire jusqu'à 500 prisonniers dans son manège et les fait abattre sous ses yeux – 8 483 prisonniers soviétiques trouvent ainsi la mort, nus, fauchés à la mitrailleuse ; elle fait assassiner quiconque la regarde ; elle multiplie les vexations dans le camp et en prend prétexte pour donner l'ordre de tuer ; elle entre dans la salle où s'effectuent des séances photos, découvre des hommes tatoués, les fait tuer pour récupérer leurs peaux tannées avec lesquelles elle confectionne des abat-jour, des reliures de livre, des sacs à main, une paire de chaussures, des portefeuilles offerts aux dignitaires du régime ou à leurs épouses venus les visiter ; elle passe commande de réductions de têtes à la façon des Jivaro et les distribue autour d'elle ; elle se fait construire un zoo particulier et jette des prisonniers dans la fosse aux ours ; elle dispose d'un chenil avec des chiens dressés à tuer ; elle fait arracher les dents en or qu'elle récupère pour en faire des bijoux qu'elle porte – sur l'un d'entre eux, elle fait graver la date de naissance de ses enfants...

Comme dans tous les régimes totalitaires, le nazisme offre une formidable occasion aux ratés de recycler leur ressentiment. Ilse et Karl Koch doivent tout au national-socialisme : avant lui, ils ne sont rien ; avec lui, ils deviennent des dieux. Ainsi, quand elle se marie, Ilse Koch n'a ni compte en banque, ni épargne, mais des dettes, notamment pour des vêtements achetés à crédit ou d'occasion. Célibataire, sans enfants, employée, portée sur l'alcool, elle laisse sa mère mourir de faim : l'adhésion au NSDAP transforme cette épave en femme disposant des pleins pouvoirs dans un camp où les hommes promis à la mort n'ont plus aucun espoir.

Avec sa carte au Parti nazi, elle multiplie son salaire par sept ; elle habite une villa de huit pièces ; elle dispose de centaines d'esclaves et ne se prive pas pour y prélever une domesticité pléthorique ; elle circule en Mercedes avec chauffeur particulier ; elle fréquente les couturiers de luxe ; elle laisse des fortunes chez le coiffeur ; elle prend le thé avec des comtesses et des princesses ; elle suit des cours de danse, de piano et d'équitation ; conseillée par un prince, elle achète des pur-sang et monte une écurie ; elle collectionne les amants ; tard le matin, elle reçoit demi-nue des prisonniers transformés en domestiques pour ses petits-déjeuners ; elle boit du cognac dès son réveil ; elle organise régulièrement des orgies sexuelles dans une villa luxueuse construite avec des trafics, des détournements de matériaux ; elle exploite des artisans prélevés dans le camp et utilise exclusivement des matériaux coûteux, bois précieux, or, argent, bronze ; elle rackette les prisonniers qui reçoivent de l'argent ; elle détourne la nourriture des détenus – on a retrouvé des montagnes de vivres dans sa cave ; elle augmente les prix de cantine des prisonniers ; elle prend des bains de madère ou de jus de citron : ne dirait-on pas un scénario du marquis de Sade ?

Pour parfaire le portrait : avec l'aide de son amant du moment, elle fait arrêter son mari, syphilitique, le 24 août 1943 ; elle charge son époux au tribunal SS ; libéré, il revient à Buchenwald pour y être fusillé sept jours avant l'arrivée des troupes américaines. Ilse Koch s'évanouit dans la nature ; arrêtée, jugée en 1947 par les Américains qui la libèrent après quatre années de prison (« moins d'un jour par assassinat », écrit Pierre Durand dans *La Chienne de Buchenwald*...), récupérée par les Allemands de la RFA qui la jugent à nouveau, elle nie tout en bloc, *évidemment*. Elle est tout de même condamnée à mort mais, parce qu'elle est parvenue à se faire engrosser derrière les barreaux, sa peine se trouve commuée en prison à vie. Le 2 septembre 1967, la rousse devenue blonde se pend dans sa cellule. Elle avait soixante ans.

Il suffit donc de raconter cette vie, d'en détailler un peu les épisodes, et nous disposons d'un roman sadien. Tout s'y trouve : l'association de l'érotisme à la mort ; la jouissance dans la souffrance infligée ; l'abolition du bien et du mal ; le crime comme jubilation ; l'accumulation de dépravations ; les rituels de l'orgie ; le caprice et l'arbitraire du prédateur faisant la loi ; l'objectivation, la réification d'autrui ; le catalogue de perversions : exhibitionnisme et voyeurisme thanatophiliques, multiplication des humiliations, enchaînement de tortures, etc. La *Psychopathia sexualis* de Krafft-Ebing trouve dans cette vie une illustration inespérée.

Les sadiens refusent cette assimilation entre le libertinage du marquis et celui de la Commandante. Pourquoi ? Y a-t-il plus dans un roman de

Sade que dans cette vie sadienne ? Ou moins ? L'œuvre disposerait-elle d'une autonomie, d'un statut d'extraterritorialité mondaine ? Elle n'aurait rien à voir avec la vie ? Elle serait une fiction ? Mais alors : que faire de la vie de Sade qui fut le contraire d'une fiction et qui coïncide exactement avec la définition du sadisme : le plaisir pris à la souffrance infligée à autrui ? Ou bien encore : pourquoi jeter l'anathème sur la littérature d'un Brasillach ou les pamphlets antisémites de Céline, interdits de réédition, et porter au pinacle des éditions Gallimard les œuvres du marquis ? Si la littérature n'a rien à voir avec la vie, alors pourquoi *Bagatelles pour un massacre* ne se trouve pas édité en Pléiade ? Ni *Les Beaux Draps* ? Ni *L'École des cadavres* ? Danger de la littérature antisémite de Céline, mais innocuité de la littérature de Sade ? Je tiens pour ma part d'une même dangerosité des livres qui jouissent du mal et y invitent.

Je pense en effet qu'il y a plus de perspective à venir pour le mal dans les romans de Sade que dans la vie d'Ilse Koch : dans l'œuvre du marquis, on trouve une vision du monde et une légitimation ontologique du mal. Lui qui affirme que la cruauté se trouve dans la nature, certes, mais prend soin d'ajouter que l'éducation peut contrarier ce mouvement, *sans rien faire ni vouloir contre*, il porte sur ses épaules de philosophe la responsabilité, non pas de défendre une théorie de la pure nécessité, mais, ayant dit qu'elle pouvait se contrarier par la culture, de n'en avoir rien fait et d'avoir, *de ce fait*, montré qu'il choisissait le mal sachant qu'il pouvait vouloir le bien. En ce sens, Sade fut bien l'un des derniers penseurs de la féodalité médiévale et non l'un des premiers philosophes des Lumières.

Dès lors, comment cet aveuglement philosophique, idéologique, ontologique, métaphysique sur Sade a-t-il bien pu se manifester de façon aussi sidérante au XXe siècle ? Car il y eut très tôt des vigies pour montrer que Sade et le totalitarisme national-socialiste entretenaient une relation intime : Michel Leiris dans son *Journal* le 29 septembre 1945 ; Adorno et Horkheimer dans *La Dialectique de la raison* en 1947 ; Raymond Queneau dans *Bâtons, chiffres et lettres* en 1950 ; Albert Camus dans *L'Homme révolté* en 1951 ; Hannah Arendt dans *Les Origines du totalitarisme* la même année... Et gloire leur soit rendue !

Cette énigme d'un thuriféraire du mal transformé en apôtre de la libération d'une civilisation coupable de briser les individus, ce mécanisme qui transforme un bourreau (avéré) en victime (littéraire), s'expliquent à la lecture d'une poignée de pages signées Guillaume Apollinaire qui transforme ce penseur féodal, qu'il ne connaît alors que vaguement, en précurseur de la philosophie des Lumières. Cette errance première du poète s'élargit avec le suivisme d'une partie de l'intelligentsia philosophique parisienne pendant plus d'un demi-siècle. Notre modernité intellectuelle participe de ce moment sadien qui imprègne encore un certain nombre de consciences. Sortir de cette très ancienne modernité restée vivace exige d'abord son anatomie.

penseur d'avant-garde ? Cette énigme me paraît aussi stupéfiante que celle qui ferait d'un dignitaire national-socialiste une figure emblématique de la libération du genre humain ! Car la bonne réputation de Sade constitue indéniablement une *monstruosité intellectuelle*.

La résolution de cette énigme suppose une généalogie de cette monstruosité qui dispose d'une date de naissance, d'une occasion littéraire, et d'un nom propre : en l'occurrence « 1909 », l'établissement de la première anthologie de textes du marquis pour le compte d'une maison d'édition intitulée la Bibliothèque des curieux, le tout produit par un certain Guillaume Apollinaire. Cet ouvrage s'inscrit dans une collection intitulée « Les Maîtres de l'amour », qui présente l'Arétin et Mirabeau, Lucien de Samosate et Nerciat, Baffo et Restif, le Kamasutra et Crébillon, plus quelques autres. On sourit que le nom du marquis soit associé à l'amour ! À la sexualité à la rigueur, à la pornographie si l'on veut un peu de frisson moral, à la psychopathologie sexuelle sans aucun doute, au libertinage, certes, mais à l'amour ! Lisons la publicité faite par la maison d'édition :

« Collection unique des Œuvres les plus remarquables des littératures anciennes et modernes traitant des choses de l'Amour » – majuscule à « Amour »... Sade obsédé par la « décharge » comme il dit, tourmenté par la seule éjaculation de son sperme, quoi qu'il en coûte, ne paraît pas à première vue un « maître de l'Amour » !

Apollinaire propose d'écarter les légendes qui entourent le nom de Sade au profit des faits, autrement dit de l'histoire ! Qui ne souscrirait à ce genre de programme : détruire les fictions pour écrire l'histoire ! Sauf que le poète réalise le contraire de ce qu'il annonce : les légendes pointées par ses soins constituent autant de vérités et de faits historiques avérés alors que l'histoire qu'il prétend écrire se présente finalement comme une légende, une construction de héros, un panégyrique, une fiction appelée à un succès considérable, puisque très peu d'intellectuels, de penseurs et de philosophes du XXe siècle échappent à cette légende dorée taillée de toutes pièces par Guillaume Apollinaire.

La technique de fabrication d'une monstruosité intellectuelle est simple : elle procède du déni du réel et de l'adoubement de la fantaisie comme seule réalité. Depuis toujours les intellectuels brillent à ce jeu-là ! Dès lors, la vérité devient erreur et l'erreur, vérité ; le bourreau est une victime et la victime, le bourreau. La totalité des lieux communs sur Sade et le sadisme s'originent dans cette préface bancale dans laquelle Apollinaire aligne la boue des affirmations péremptoires pour les transformer en or littéraire. Ce texte présenté comme un essai s'ouvre sur le regret du manque d'une biographie digne de ce nom du personnage. Qu'à cela ne tienne : puisqu'une biographie inexistante empêche de connaître les faits, alors la fiction peut s'en donner à cœur joie : le poète évince l'historien. Dès lors, la parole de l'homme qui revendique les pleins pouvoirs de l'imagination et de l'imaginaire sort d'une bouche d'or philosophique…

Un seul exemple pour montrer combien Apollinaire prend ses désirs pour la réalité : il écrit : « En Allemagne où Nietzsche, dit-on (*sic*), n'a pas dédaigné de s'assimiler, lui, le philosophe lyrique, les idées énergiques du marquis systématique », etc. Qui est ce « on » proférant pareille sottise ? Quid d'un Apollinaire qui fait d'un ouï-dire une quasi-vérité philosophique ? Car nulle part dans les milliers de pages de l'œuvre complète publiée, de la correspondance ou des fragments posthumes du philosophe allemand, on ne trouve une seule citation de Sade ou une unique référence à son nom permettant d'étayer pareille assertion ! Ni même une conversation rapportée par tel ou tel... Et puis : quid du rôle philosophique de Sade dans la pensée de l'éternel retour, de la volonté de puissance, de l'*amor fati*, du surhomme, de la transvaluation de valeurs ? Nietzsche défend une philosophie intégralement fataliste ; Sade, on l'a vu, laisse place dans son système philosophique à la possibilité de ne pas vouloir ce que veut la nature. Apollinaire est prescripteur. Dès lors tout ce qu'il dit, écrit, profère ou professe devient parole d'évangile. S'il a eu raison ici ou là, ponctuellement, on conclut qu'il a eu raison sur tout. Ainsi, le poète, le critique d'art, l'homme qui donne ses lettres de noblesse au calligramme, le journaliste qui devient le chantre de toutes les avant-gardes, dont le cubisme et le futurisme, l'ami de Picasso, du Douanier Rousseau, de Derain ou de Vlaminck, le critique d'art craint et admiré écrivant sur Matisse et Bonnard, Braque et Manet, Picabia et Léger, les arts nègre et japonais, le collaborateur de la fameuse *Revue blanche*, l'auteur des *Mamelles de Tirésias* qui sous-titre son texte *Drame surréaliste* et crée ainsi le mot dont chacun connaît la postérité, l'ancien combattant, blessé au front en 1916, le mort célèbre dont Picasso réalise le monument, le mentor d'André Breton, de Louis Aragon et de Philippe Soupault, cet homme, donc, ne saurait se tromper ! Argument d'autorité…

De sorte qu'un lecteur libre et peu soumis aux diktats de la pensée institutionnelle constatera facilement que cette préface, outre son manque d'informations historiques, témoigne d'une incapacité à construire un propos. Une universitaire de la Sorbonne, Laurence Campa pour ne pas la nommer, crie non pas au manque de talent, mais au génie du personnage : le professeur voit en effet dans ce bric-à-brac introductif fait de juxtapositions de longues citations un… collage, signe supplémentaire non pas du caractère branlant de l'exercice de style, mais de l'inévitable génie de son auteur ! Chez le quidam, le désordre, c'est tout simplement du désordre ; chez Apollinaire, c'est un ordre supérieur !

Apollinaire, plus poète qu'historien, plus lyrique qu'historique, propose dans cette poignée de pages au lourd destin, non pas la destruction d'une légende, ce qui serait faire de l'histoire, mais la construction d'une légende qui tient lieu d'histoire pendant un siècle. La parole d'Apollinaire est considérée comme l'expression du Vrai – puisqu'il est poète et que, autre lieu commun moins hérité de Rimbaud que des rimbaldiens, un poète est un visionnaire, un précurseur qui accède directement au vrai d'aujourd'hui et du lendemain très lointain, sans avoir besoin de la médiation de l'enquête historique. Apollinaire fournit ce que l'on nomme aujourd'hui *les éléments de langage* que dupliquent sans vergogne tous ceux, ou presque, qui écrivent sur Sade depuis une centaine d'années – Breton, Bataille, Lacan, Barthes, Foucault, Sollers...

Délinquant sexuel

Contre la légende d'un Sade non sadique

Premier lieu commun : *Sade n'était pas sadique*. Lisons Apollinaire : « Le marquis de Sade, me semble-t-il, était moins coupable qu'on ne le prétendait. » Laissons de côté le « me semble-t-il » et le « on » du « on ne le prétendait » ! Même si, pour plus de précision et d'intelligence du débat, tout lecteur se prend à souhaiter savoir, avec des raisons, des arguments, des preuves, pourquoi il semble au poète que le prosateur ne fut pas le coupable que l'histoire désigne pourtant sans conteste ! Qui se cache derrière ce « on » bien pratique pour éviter de nommer les adversaires dans cette aventure ?

Lorsque Apollinaire écrit cette phrase, il renvoie à l'affaire Rose Keller. Faisons donc un peu d'histoire : le 3 avril 1768, Sade aborde une mendiante de trente-six ans dans la rue, Rose Keller. Veuve, fileuse au chômage, pauvre, elle mendie. Le marquis lui propose une forte somme afin qu'elle le suive chez lui. Elle refuse. Il rétorque qu'elle se méprend puisqu'il veut seulement lui confier une tâche ménagère. Elle accepte. Il l'entraîne dans un fiacre et la conduit dans une maison de campagne. Pendant tout le voyage, le marquis feint de dormir. Arrivé sur place, il l'enferme dans une chambre. Une heure plus tard, il revient, la conduit dans une autre pièce et lui demande de se déshabiller. Elle refuse. Il la menace de mort et promet qu'après l'avoir tuée de ses propres mains, il l'enterrera au fond de son jardin. Sade quitte la chambre. Terrorisée, elle se défait, mais garde sa chemise. Il revient et lui arrache cet unique vêtement. Puis il la jette sur un canapé, à plat ventre, non sans avoir ligoté ses jambes et ses bras. Il l'immobilise en plaquant un traversin sur sa nuque. Il la fouette avec violence. Elle crie. Il réitère sa menace de mort et lui redit qu'il n'hésitera pas à dissimuler ses restes dans le jardin. Elle retient ses cris. Il la frappe à cinq ou six reprises, alternant les verges et le martinet. Il effectue des incisions dans sa chair avec un canif puis, pour augmenter la souffrance, il fait couler de la cire fondue dans les plaies sanguinolentes. Elle a peur de mourir dans le péché, elle veut faire ses pâques. Sade la rassure : il la confessera lui-même... Puis il éjacule en poussant des cris de bête. Il enferme sa victime dans une autre pièce et lui dit qu'il la retrouvera le soir. Elle confectionne une corde avec le linge de lit et s'enfuit par la fenêtre...

Si l'on en croit Apollinaire, la chose semble exagérée, Sade s'avère moins coupable qu'on ne le dit. On aurait aimé savoir : d'une part, de quels forfaits « on » le crédite, d'autre part, pourquoi il serait moins coupable qu'« on » ne le dit. Mais à défaut d'informations sur l'un, la nature des reproches du « on », nous ne pourrons comprendre l'autre, le prétendu défaut de culpabilité... Même si ce dossier semble mal ficelé du côté d'Apollinaire, il vaut mieux un mauvais dossier défendu par un bon prescripteur qui nie la vérité historique qu'un bon dossier porté par un quidam dépourvu du culot littéraire performatif...

La meute des sadiens ne cherche pas bien loin pour défendre son héros. Paresseux en diable, ou courts en idées, tous reprennent les arguments d'Apollinaire sans un gramme d'esprit critique. La lecture de cette littérature constitue un festival de mauvaise foi, une anthologie de *salauds* si l'on me permet l'usage du concept sartrien... Exemples : Jean-Jacques Brochier, dans *Le Marquis de Sade et la conquête de l'unique*, parle de « vétilles ». Gilbert Lely, dans sa *Vie du marquis de Sade*, d'un « petit drame psycho-sexuel ». Concernant les incisions faites au canif, Jean-Jacques Pauvert, le saint Paul du prétendu divin marquis, écrit dans *Sade vivant* : « Mon récit ne mentionne pas ces incisions, parce que je n'y crois pas (*sic*). » On rêve ! L'auteur ne *croit* pas au témoignage de la victime, cela suffit pour déclarer ce témoignage nul et non avenu... Dans *Le Marquis de Sade*, Maurice Heine donne une version amplement reprise : il s'agirait d'une simple « fessée »... Thèse reprise par Jean Paulhan dans *Le Marquis de Sade et sa complice* ; par Raymond Jean dans *Un portrait de Sade* ; par Donald Thomas dans *Le Marquis de Sade* qui finasse : « cinq minutes de douleur réelle, qui n'était pas trop éloignée de ce que pouvait être la visite à un dentiste du XVIIIe siècle. » Le maître d'œuvre de la panthéonisation littéraire de Sade, son entrée dans la prestigieuse collection de la Pléiade, parle quant à lui de « rumeur » de journaliste, de manigances de la belle-famille, de « bruits », de « mouvements d'opinion », de « contes », d'« affabulations », de « fantasme social », et, tant qu'à faire, de « mythe » !

Plus tard, du côté de la philosophie dite critique, Barthes parlera, j'y reviendrai, du « principe de délicatesse » pour caractériser son héros dans *Sade, Fourier, Loyola* ; pendant ce temps, Gilles Deleuze reprend l'idée formulée par Georges Bataille dans *L'Érotisme* : « Le langage de Sade est paradoxal *parce qu'il est essentiellement celui d'une victime.* Il n'y a que les victimes qui peuvent décrire les tortures, les bourreaux emploient nécessairement le langage hypocrite de l'ordre et du pouvoir établi » – les italiques sont de Deleuze !

Puis Foucault, dans son *Histoire de la folie à l'âge classique,* transfigure Sade en héros romantique et positif, en individu rebelle ennemi de tous les pouvoirs aux côtés de Nietzsche et Goya, Hölderlin et Artaud... La légende bat son plein !
On a vu que Pauvert ne croit pas aux tortures par la cire et que ne pas croire suffit pour conclure... L'évangéliste du marquis s'essaie tout de même à justifier l'injustifiable : dans l'arsenal des tortures, on trouve donc des incisions au canif et cette cire de bougie coulée dans les plaies, mais il s'agit d'un accident de bougie qui coule malencontreusement, hélas, quand le violeur, maladroit, veut regarder ! Dès lors, le marquis de Sade ne pouvant être sadien, puisque Pauvert n'y croit pas, il faut bien proposer une lecture : le marquis fait couler la cire par maladresse et non par complexion sadique. Pauvert reprend alors en long, en large et en travers la thèse de l'algolagnie de Sade défendue par Lely : Sade ne jouit qu'en souffrant et en faisant souffrir, en vertu d'une malformation propre au marquis... D'autres considèrent que la cire fondue n'est pas cire fondue, mais pommade pour guérir

– la thèse avancée par Sade pour sa défense ! À rebours de toute cette scénographie où il s'agit dans toute cette histoire réelle de jouir en faisant le mal, le marquis ferait le bien en appliquant sur les plaies qu'il effectue un baume pour apaiser les douleurs ! On frise le ridicule... Quand le bourreau Sade invente une souffrance pour sa victime, on doit comprendre qu'il propose un médicament pour une comparse à qui il manifeste de l'empathie – un sentiment très peu sadien... Autrement dit : quand Sade fait le mal, c'est qu'il fait le bien – voire : qu'il fait bien...

Pour sauver le praticien de ces sexualités féodales, d'aucuns inversent franchement la scène et – le savent-ils ? – reprennent ainsi la thèse de la presse aristocratique d'alors, tout à la défense de son complice : la jeune femme au chômage, la mendiante abusée par le marquis, la victime martyrisée par l'aristocrate, autant de *faits avérés*, se trouve transformée *sans preuves* en prostituée syphilitique ayant trompé Sade en lui dissimulant son mal et en tentant de le contaminer ! Ce dernier, grand seigneur, mais nullement méchant homme, aurait essayé sur elle un onguent susceptible de guérir les maladies vénériennes ! On comprend mal que cet apothicaire soudainement converti aux bienfaits de l'amour du prochain ait eu besoin, pour exercer ce geste philanthropique, de la frapper, de la brutaliser, de la tyranniser, de l'enfermer et d'inciser sa chair avec un canif…

Après avoir dénié le réel parce que les faits avérés n'étaient pas dignes de *croyance*, transformé la victime en bourreau, fait du bourreau un philanthrope ami du genre humain destiné à lutter contre les maladies sexuellement transmissibles, il restait à faire de la victime un bourreau… L'origine sociale suffit : chômeuse, veuve, mendiante, il faut bien que Rose Keller soit intéressée, animée par le ressentiment, motivée par l'argent, désireuse de prendre sa revanche sur un pauvre représentant de la classe aristocratique ayant pour seul tort d'être riche et marquis… La gauche parisienne fait sien le slogan « classe laborieuse, classe dangereuse » : oserait-on douter de la parole d'un marquis descendant de la famille de Condé face à la parole sans poids d'une prostituée, écrit en substance Jean-Jacques Pauvert ?

Une femme pauvre qui mendie et accepte un écu pour un travail de femme de ménage, puis se retrouve torturée par Sade dans une maison reculée, il faut bien qu'elle l'ait voulu... On sait que de tout temps cet argument triomphe chez les violeurs jurant leurs grands dieux au consentement de leur victime ! On la suspecte alors d'accabler un pauvre innocent pour faire fortune avec des dommages et intérêts. Deleuze nous l'a bien dit : puisque le langage de Sade est celui d'une victime, il faut bien que celui de sa victime soit celui du bourreau...

Ajoutons que cette affaire Keller n'est pas la seule. Que d'autres sont à mettre à l'actif de Sade, la plus connue étant celle de Marseille le 25 juin 1772, mais aussi : celle de violences, coups et blessures sur des jeunes filles embauchées comme personnel du château ; ou celle qui lui vaut un jour l'arrivée d'un père de famille venu défendre l'honneur bafoué de sa fille en tirant sur le marquis ; sans parler de celles qui auront été étouffées, on sait combien la famille fit beaucoup pour protéger son turbulent homme, contrairement à une autre légende qui le présente comme victime de sa parentèle…

Certaines de ces affaires parviennent jusqu'aux tribunaux, malgré la protection dont tout noble dispose au XVIIIe siècle quand il malmène les gens du peuple. D'autres affaires resteront scellées parce qu'on entend rarement la parole d'une victime d'un membre éminent de la féodalité en pleine période monarchique, ensuite parce que les moyens de faire taire des proies sans pouvoir sont divers et multiples quand on est riche, seigneur d'un fief, noble, aristocrate, et qu'on ne recule devant aucun moyen.

Faut-il, par exemple, rappeler que des ossements humains ont été retrouvés dans le jardin de Sade et que ce genre d'information ne fait jamais l'objet de commentaires chez les défenseurs du marquis ? Lui-même ne niait pas cette découverte macabre, mais il expliquait que la Du Plan, danseuse à Marseille, avait apporté ces fragments de squelette pour lui faire une « plaisanterie » ! Il est vrai que, parmi les éléments de langage pour défendre les causes indéfendables, il s'avère de bon ton d'en appeler à l'humour ! Si l'on ne rit pas à ce genre de plaisanterie, c'est qu'on est un pisse-froid dépourvu de tout esprit.

Ce même humour, disent les défenseurs de Freud, explique que leur héros, soutenant clairement l'austrofascisme du chancelier Dollfuss, envoie des compliments à Mussolini dans la dédicace de son livre intitulé *Pourquoi la guerre ?* Gageons que le défunt dont les ossements firent l'objet de cette plaisanterie n'aurait peut-être pas goûté cet humour… On comprend que Sade puisse menacer Rose Keller de l'enterrer au fond de son jardin après l'avoir trucidée si elle se refusait à ses « vétilles », comme écrit l'autre !

Sourions donc en lisant Apollinaire pour qui : « En liberté, le marquis de Sade mena une vie régulière, vivant de sa plume. » On fait plus régulier comme vie en liberté que cette accumulation de délinquances sexuelles qui, redisons-le, sont : séquestration, enlèvement, subordination, voies de fait, empoisonnement, coups et blessures, traitements inhumains et dégradants, sévices sexuels, barbarie en réunion, non pas sur le papier, d'un point de vue littéraire, pour le plaisir de la fiction, mais dans le concret du monde, avec de véritables victimes en chair et en os... Quant à vivre de sa plume, ne rêvons pas : le marquis vivait de sa rente de propriétaire féodal.

Jacobin d'occasion

Contre la légende d'un Sade révolutionnaire

Les revenus du comte de Sade, connu sous le titre de « marquis », s'avéraient substantiels. La dot de son épouse, considérable, fut engloutie dans l'entretien et la restauration de son château de quarante-deux pièces, et dans les facéties de son délire théâtral : Sade fait construire de quoi donner de grandes fêtes, il embauche une troupe de comédiens, il organise des réceptions fastueuses avec pléthore d'invitations de gens venus de loin à la ronde. À cette époque, les revenus de ses œuvres comptent pour rien. Une grande partie de sa fortune fut utilisée par sa femme pour lui obtenir un régime de faveur en prison. Lorsqu'il se trouve embastillé, le marquis dispose de meubles précieux et d'un traitement de faveur. Quitté par sa femme, Sade la remplace par une jeune actrice qui n'a pas trente ans, Marie-Constance Renelle-Quesnet – cette histoire durera un quart de siècle, la mort seule y mettra fin. Elle intervient pour que le marquis ne soit pas décapité après que les amis de Fouquier-Tinville eurent réclamé sa tête – ce dont témoigne une lettre de Sade à son notaire Gaufridy datée du 29 brumaire an III (19 novembre 1794).

Parlant de ses prisons successives, Sade écrit en effet ceci : « Ma quatrième enfin était un paradis terrestre ; belle maison, superbe jardin, société choisie, d'aimables femmes, lorsque, tout à coup, la place des exécutions s'est mise positivement sous nos fenêtres et le cimetière des guillotinés dans le beau milieu de notre jardin. Nous en avons, mon cher ami, enterré dix-huit cents (*sic*), en trente-cinq jours, dont un tiers de notre malheureuse maison. Enfin mon nom venait d'être mis sur la liste et j'y passais le onze, lorsque le glaive de la justice s'est appesanti la veille sur le nouveau Sylla de la France. De ce moment, tout s'est adouci et, par les soins aussi ardents qu'empressés de l'aimable compagne qui partage mon cœur et partage ma vie depuis cinq ans, j'ai été enfin délivré le vingt-quatre vendémiaire dernier. »

Apollinaire : « Le marquis de Sade était un vrai républicain, admirateur de Marat, mais aussi ennemi de la peine de mort » ! Fabuleuse mythologie ! Le marquis, emblématique figure du monde féodal, transfiguré par la grâce du poète en ami du peuple ! Le personnage qui ne jouit que de mettre à mort, tuer, stranguler, découper, dépecer, détruire, torturer les corps célébré en abolitionniste ! Le violeur de femmes, l'abuseur sexuel de domestiques, de servantes, de mendiantes devenu compagnon de route des déshérités ! Le marquis, frère des pauvres ! On croit rêver…

Avant toute chose précisons ceci : être l'ami de Jean-Paul Marat se disant « Ami du Peuple » ne suffit pas à transformer le marquis en authentique ami du peuple ! Il y a loin de la revendication claironnante d'être révolutionnaire, surtout en temps de Révolution, à la réalité de cet état.

Marat fut une légende (il l'est encore pour quelques professeurs d'université et une poignée de militants du genre Badiou, Zizek, Hazan qui, en dévots du catéchisme communiste, se réclament encore des promoteurs de la guillotine...), mais sacrifier aux légendes n'est pas digne d'un historien...
Avant la Révolution, Jean-Paul Marat est un voleur, un raté, un quémandeur d'anoblissement, un coucheur qui tâche d'obtenir par les faveurs de sa maîtresse un titre de noblesse jamais obtenu, un affabulateur, un escroc se dissimulant sous les habits percés d'un prétendu scientifique. La Révolution permet au personnage de donner une pleine puissance à son ressentiment. L'homme qui exige toujours plus de cous sous la guillotine, sous prétexte d'être l'ami du peuple, ne fut pas un parangon de ce que la Révolution française a produit de plus républicain ! La dilection de Sade pour Marat témoigne plus en faveur d'un Sade sadique que d'un Sade républicain ! Être un « vrai républicain » et un « admirateur de Marat » constitue moins des cohérences que des contradictions : aux yeux

de tout historien digne de ce nom, l'un interdit l'autre. Sade fut bien l'ami de Marat, du moins il le prétendit et le clama haut et fort après sa mort sous le couteau de Charlotte Corday, mais cela ne suffit pas à faire de lui un « véritable républicain »...

Pour tâcher de prouver que le marquis féodal fut bien un républicain, la vulgate s'appuie sur *La Philosophie dans le boudoir* et plus particulièrement sur le chapitre intitulé « Français, encore un effort si vous voulez être républicains »... Il est étrange que les thuriféraires de Sade prélèvent dans l'œuvre les textes qui permettent l'illustration de leurs thèses et écartent ceux qui les contredisent. Ce livre dans le livre défend en effet l'abolition de la peine de mort, une plaidoirie sans cesse mise en avant pour présenter le marquis comme un philosophe abolitionniste.

Comment cet homme qui ne reculait devant rien pour satisfaire ses pulsions sexuelles et qui théorise le bonheur dans le crime pourrait-il être aussi, en même temps, un farouche partisan de l'abolition de la peine de mort ? Nous verrons combien le refus de la biographie, de l'histoire, de l'auteur, contribue à une *religion textuelle* ayant fait de Sade un producteur de textes auquel nombre d'écrivains, de penseurs, de philosophes, d'intellectuels, vouent un culte sans souci des conditions de production historique de ce texte. De la même manière que les croyants refusent et récusent l'exégèse historique, les dévots de leur « divin marquis » veulent ignorer le contexte de leur texte sacré.

Sade écrit contre la peine de mort – même si le reste de son œuvre démontre que *sa jouissance* se trouve dans la peine de mort, il serait donc bel et bien un abolitionniste ! Or la lecture d'une œuvre complète permet de repérer les constantes. Si mille fois, moins une, Sade défend la peine de mort, et jouit de son spectacle et de sa scénographie, l'unique fois qui fait défaut permet d'extrapoler le contraire. Pour ma part, je me pose la question : pourquoi cette exception abolitionniste dans une œuvre qui n'est que jouissance de l'exercice de la peine capitale ? L'histoire donne la réponse…

En effet, on lit dans « Français, encore un effort si vous voulez être républicains » cette phrase claire et nette : il faut « anéantir pour jamais l'atrocité de la peine de mort ». Mais *dans le même ouvrage,* Sade se réjouit également de la mise à mort de Louis XVI ! Par ailleurs, c'est bien Sade qui, en 1793, dans son *Discours aux mânes de Marat et de Le Peletier,* proclame la gloire du fondateur de *L'Ami du peuple* qui fit assassiner des gens par centaines et fut le grand pourvoyeur de guillotines, donc le grand organisateur des peines de mort de la Terreur ! C'est également le même Sade qui, dans un même mouvement, stigmatise Charlotte Corday et se réjouit qu'elle passe sous le couteau de la guillotine... C'est toujours Sade qui célèbre le courage (!) qu'eut Le Peletier de voter pour la décapitation de Louis XVI ! Alors ?

Alors une fois de plus, faisons de l'histoire pour pulvériser la légende. Sade rédige « Français, encore un effort si vous voulez être républicains »... à la maison de santé de Picpus. La Commune en avait réquisitionné le jardin transformé en antichambre du spectacle révolutionnaire qu'était la décapitation. De sa cellule, le marquis voyait les voitures pleines de cadavres mutilés. Les charrettes dégoulinaient de sang. Elles cahotaient avec les cadavres sans têtes et les têtes sans cadavres. Dans la lettre déjà citée de Sade, il y eut mille huit cents guillotinés en trente-cinq jours, dont un tiers étaient des compagnons de cellule. Sade ne savait pas si, demain, il ne serait pas dans cette funeste carriole... Il écrivit : « Ma détention nationale, la guillotine sous les yeux, m'a fait cent fois plus de mal que ne m'en avaient fait toutes les bastilles imaginables. »

On comprend que le ci-devant marquis devienne dans ces conditions un farouche opposant à la peine de mort ! Lui qui avait considéré en 1793 que la décapitation de Marie-Antoinette avait été « un juste châtiment »... Précisons en passant qu'il s'agit de la période pendant laquelle Sade commence la rédaction de son texte si fort opportunément abolitionniste ! Mais entretemps, il y aura eu son incarcération... Disons que, quand il s'agit de Louis Capet, de son épouse la reine, de Charlotte Corday ou du reste de l'humanité, *moins lui*, l'abolitionniste qu'est Sade s'autorise quelques exceptions...

Sade fut secrétaire de la section des Piques, dit-on. Preuve supplémentaire, s'il en fallait une, que le marquis ne faisait pas de l'abolition de la peine de mort sa priorité… La pique – faut-il encore le préciser ? – fut l'arme blanche avec laquelle nombre de victimes prétendument contre-révolutionnaires furent décapitées avant d'être empalées, parfois la bouche pleine de foin, pour des processions révolutionnaires aux antipodes de la république démocratique et abolitionniste !

Le marquis ne s'en fut dans la section de la place Vendôme, future section des Piques, qu'après avoir compris, par opportunisme bien saisi, que la position de monarchiste, pour un aristocrate comme lui, était désormais intenable. Or, jusqu'alors, il a manifesté un franc monarchisme… Noble, fils de noble, issu de la grande noblesse provençale, marié avec une jeune fille noble, Sade n'a rien contre l'aristocratie et les privilèges de la féodalité. Bien doté, bien marié, il se montre très attaché aux privilèges de sa caste. Il méprise le peuple, aussi bien dans sa vie que dans son œuvre. Fin 1790, il fait partie de la

Société des amis de la Constitution monarchique aux côtés de Clermont-Tonnerre – une société remplie de nostalgiques du régime monarchique et féodal qu'il quitte en mars 1791... Sade fut officier dans la cavalerie royale.

Lisons cette lettre à Gaufridy datée de 1791 : « En qualité d'homme de lettres, l'obligation où je suis ici journellement de travailler tantôt pour un parti, tantôt en faveur de l'autre, établit une mobilité dans mes avis dont se ressent ma manière de penser. Veux-je la sonder réellement ? Elle ne se trouve réellement pour aucun parti, et est un composé de tous. Je suis antijacobite, je les hais à mort ; j'adore le roi, mais je déteste les anciens abus ; j'aime une infinité d'articles de la constitution, d'autres me révoltent, je veux qu'on rende à la noblesse son lustre, parce que le lui ôter n'avance à rien ; je veux que le roi soit le chef de la nation ; je ne veux point d'Assemblée nationale, mais deux chambres comme en Angleterre, ce qui donne au roi une autorité mitigée, balancée par le concours d'une nation nécessairement divisée en deux ordres, le troisième est inutile, je n'en veux point. Voilà ma profession de foi. »

Le 19 mai 1790, Sade se dit dans une lettre à l'avocat Reinaud « fâché encore de voir mon souverain dans les fers ». En 1792 (on aura bien lu : en 1792…), le marquis, futur président de la section des Piques, offre ses services à la garde constitutionnelle du roi ! La même année, le 25 octobre, ce royaliste devient commissaire à la section des Piques… Précisons que, du 17 au 21 septembre 1792, son château de Lacoste a été pillé, dévasté, détruit, ravagé par quatre-vingts personnes déchaînées, excitées par le (bon) vin de sa cave. D'autres personnes viennent parfaire la dévastation les jours suivants… La section des Piques constitue une assurance-vie dans ces moments où le titre de noblesse vaut condamnation à mort…

Bien que, pour donner des gages, le ci-devant marquis renonce à sa particule pour se faire appeler Louis Sade, ce qui, convenons-en, paraît un prénom déconseillé par ces temps politiquement chauds ; bien qu'il rédige des lettres pour témoigner qu'il a été noble à l'insu de son plein gré, malgré lui, par erreur, puisque ses ascendants sont paysans et commerçants ; qu'il soit membre de la section des Piques ; qu'il ne recule pas devant le déguisement avec un bonnet rouge pour lire des panégyriques de la Révolution pour le compte de la Convention nationale, le Tribunal révolutionnaire le condamne et l'incarcère après avoir constaté combien, à la section des Piques, il manœuvrait pour protéger sa famille des inconvénients de la pureté révolutionnaire... Condamné à mort, thermidor puis les intrigues de la maîtresse du marquis obtiennent raison du jugement des Amis du Peuple...

Maître féodal

Contre la légende d'un Sade libertaire

La vie de Sade, ses engagements, ses actions aux côtés des révolutionnaires, respirent le cynisme et l'opportunisme. Sade s'y connaît, lui dont l'épicentre éthique consiste à se réjouir des prospérités du vice et à rire des malheurs de la vertu. Ce révolutionnaire en peau de lapin dissimule un authentique penseur féodal, un théoricien de l'Ancien Régime dont il est le philosophe emblématique. Le châtelain, le marquis, l'oisif, le rentier, l'époux marié à une femme richement dotée, peut s'adonner, en compagnie de son valet, à l'organisation et à la scénographie de ses orgies : les petites sociétés libertines de l'aristocrate exigent que règne au-dehors l'ordre monarchique chrétien, que le pouvoir soit concentré entre les mains d'un seul et qu'il gouverne avec une main de fer. En matière de politique, le maître à penser de Sade n'est ni Rousseau ni Montesquieu, mais Machiavel.

Dès lors, Apollinaire se trompe une fois encore en écrivant : « Il aimait par-dessus tout la liberté. Tout, ses actions, son système philosophique, témoignent de son goût passionné pour la liberté dont il fut privé si longtemps. » Et plus loin, cette phrase célèbre, puisqu'elle est la thèse d'Apollinaire sur ce sujet et qu'elle constitue le credo des sadiens de tous les temps : « Le marquis de Sade, cet esprit le plus libre qui ait encore existé »… Sade n'aimait pas par-dessus tout *la* liberté, mais *sa* liberté, dût-elle se payer du prix de l'asservissement total de la planète. Jean-Jacques Brochier ne met pas sans raison Sade et Stirner en parallèle : deux égoïstes totalement insoucieux d'autrui pourvu qu'ils obtiennent une jouissance. La théorie philosophique à laquelle Sade associe son nom est *l'isolisme* – pas l'altruisme... Sade est libertaire pour lui – mais dictatorial pour tout ce qui n'est pas lui.

Qu'est-ce que l'isolisme ? Le terme apparaît trois fois dans l'œuvre complète : *Les Infortunes de la vertu* (1787), *Aline et Valcour* (1795), *La Nouvelle Justine* (1799). Il suppose que chacun se trouve enfermé dans lui-même, incapable de communiquer avec autrui, embarqué avec lui dans une même aventure dans laquelle le fatalisme fait la loi. Chacun est objet, jamais sujet : la nature fonctionne de façon aveugle, par-delà bien et mal, vice et vertu, en ignorant la morale. En elle, on ne trouve ni faute ni péché, ni interdit ni obligation. La vérité de chacun consiste à obéir aveuglément à son destin fixé par les lois naturelles dont on ignore le mécanisme. Dès lors : je dois ce que je peux et je peux ce que je veux, mais je veux ce que la nature m'impose. Ce cercle infernal définit l'isolisme, le système de cette vision tragique du monde.

L'isolisme coupe le monde en deux : forts et faibles, maîtres et esclaves, libertins et sentimentaux, prédateurs et victimes, loups et chiens, aristocrates et populace, criminels et sacrifiés, violeurs et violés, assassins et assassinés, riches et pauvres, Juliette et Justine – autrement dit Sade, et le reste du monde. Une partie de l'humanité existe pour subir la loi de l'autre, et cet état de fait lui convient, car il s'avère impossible qu'il en soit autrement. La vision du monde de Sade, son ontologie, sa métaphysique, qui est une physique, se résument à cette vision tragique du réel. Nous sommes loin d'une vision libertaire des choses qui supposerait l'égalité, l'équité, la justice, le contrat synallagmatique, l'échange, la parole médiatrice…

Sade illustre une vision particulière de la dialectique du maître et de l'esclave dans laquelle l'objectif est simple : la mise à mort, réelle ou symbolique, l'appropriation, la domination, la soumission, la sujétion, la servitude. La jouissance sadienne et sadique surgit lorsque le dominateur a pris possession du dominé et lui impose sa loi – sexuelle la plupart du temps. Le marquis n'éduque pas à la liberté, mais à l'obéissance : si le sous-titre des *Cent Vingt Journées de Sodome* est bien *L'École du libertinage* et celui de *La Philosophie dans le boudoir, Les Instituteurs immoraux*, dans cette école et avec ces instituteurs, on apprend l'obéissance, pas la liberté – comme dans tous les régimes dictatoriaux...

Le schéma de l'intersubjectivité sadienne est donc celui du maître et de l'esclave, il en va de même pour toute la politique de Sade. Si l'on consent à se défaire des lieux communs forgés par Apollinaire d'un Sade républicain et révolutionnaire pour regarder les choses en face, en convoquant la biographie et les textes, on découvre un Sade féodal et tyrannique, faisant l'éloge d'un despotisme éclairé aux lumières noires de son libertinage thanatophile. L'œuvre fourmille de déclarations haineuses à l'endroit du peuple.

Est-ce un Sade libertaire, amoureux de la liberté, qui écrit dans *La Nouvelle Justine* : « Il ne faut jamais arracher le bandeau des yeux du peuple ; il faut qu'il croupisse dans ses préjugés, cela est essentiel [...]. Ne cessons jamais de tenir le peuple sous le joug de l'erreur et du mensonge ; étayons-nous sans cesse du sceptre des tyrans ; protégeons les trônes, ils protégeront l'Église ; et le despotisme, enfant de cette union, maintiendra nos droits dans le monde. Les hommes ne se mènent qu'à la verge de fer. » Suit un éloge de l'Inquisition – une pratique historique qui coïncide avec la pratique littéraire sadienne.

Le marquis a bien compris qu'il existait la société féodale, monarchique, appuyée sur la religion chrétienne, constitutive d'un ordre à protéger parce qu'il rend possible *en son sein* des petites sociétés libertines dans lesquelles aristocrates et évêques s'en donnent à cœur joie contre leurs victimes. La Révolution pourrait mettre à bas la collusion du trône et de l'Église, donc la possibilité, pour les dépravés à particules ou à mitres, de violer, torturer, massacrer, sodomiser, écorcher, tuer ? On évitera donc d'y souscrire… Une fois là, tâchons d'y contribuer pour masquer les activités sadiennes.

« Littérature », répondent en chœur les thuriféraires ! La pensée de Sade n'est pas dans le discours de tel ou tel de ses héros de roman ! Alors : où ? Si un discours de Sade est impossible à identifier à celui de tel ou tel de ses personnages, alors il n'y a plus de discours, aucune idée, pas de thèse, nul propos qui tienne debout dans l'œuvre complète du marquis, juste des mots, du texte, du langage, du verbe ! Dès lors, l'écrivain est un enfant de chœur qui joue avec les mots, rien d'autre...

Pourquoi dès lors vouloir à tout prix, s'il n'y a pas d'idées, si aucun discours de personnage ne résume celui de son auteur, professer que dans ce désert philosophique, dans ce vide sidéral intellectuel, Sade citoyen républicain serait plus vrai que Sade marquis monarchiste ? Sade féministe plus exact que Sade misogyne ? Sade philosophe des Lumières plus juste que Sade penseur de la féodalité ? Il faut bien, pour transformer le personnage en héros, s'appuyer sur quelques textes – toujours des fictions... Je ne sache pas qu'il ait écrit par ailleurs un Traité philosophique ou une Dissertation truffée d'idées pour livrer, hors fiction, le contenu de sa pensée...

Dans les milliers de pages de cette œuvre complète, j'ai cherché en vain un discours qui permette de faire de Sade un penseur libertaire, défendant la liberté de tous et de chacun, pas seulement la sienne – ce qui définit l'égoïste, le solipsiste, sinon l'autiste, voire l'*isoliste*...

Je me suis demandé sur quelle œuvre, quelle page, quelles phrases Apollinaire construisait sa fiction d'un Sade passionné par la liberté... Je n'ai rien trouvé, nulle part. À longueur de pages, je n'ai même vu, à l'inverse de cette profession de foi, que célébration de la force, de la violence, de la brutalité, de la soumission, de la domination et mépris pour les victimes doublé de la jouissance de faire partie des bourreaux. En une phrase de *La Nouvelle Justine*, Sade confie l'impératif catégorique de sa vision des choses : « Se rendre heureux aux dépens de n'importe qui »...

Violeur récidiviste

Contre la légende d'un Sade féministe

Plus sidérant encore, Apollinaire écrit dans cette poignée de pages : « Le marquis de Sade, cet esprit le plus libre qui ait encore existé, avait sur la femme des idées particulières et la voulait aussi libre que l'homme » ! Selon le poète, Juliette (qui illustre les prospérités du vice, là où Justine incarne les misères de la vertu...) « représente la femme nouvelle qu'il entrevoyait, un être dont on n'a pas encore idée, qui se dégage de l'humanité, qui aura des ailes et qui renouvellera l'univers » ! Vraiment ?

A-t-on vraiment lu le même Sade ? Par exemple celui qui affirme dans *Les Cent Vingt Journées de*

Sodome : « Une langue de femme n'est bonne qu'à torcher un cul » ? Ou bien : « Je n'ai jamais compris que les tétons puissent servir réellement à autre chose qu'à torcher un cul » ? Ou encore, parlant du sexe des femmes : « Cette partie infecte que la nature ne forme qu'en déraisonnant est toujours celle qui nous répugne le plus » ? Le marquis féministe professe également la nécessité de traiter les femmes comme des chiens parce que « si on le faisait elles ne seraient pas si impertinentes ; animaux domestiques, comme des chiens, quelles raisons avons-nous de les traiter autrement qu'eux ? ». En effet...

Ou bien encore, dans *La Nouvelle Justine,* cette définition probablement féministe, au sens d'Apollinaire, de la femme : « Une créature chétive, toujours inférieure à l'homme, infiniment moins ingénieuse, moins sage, constituée d'une manière dégoûtante, entièrement opposée à ce qui peut plaire à son maître, à ce qui doit le délecter ; un être malsain les trois quarts de sa vie, hors d'état de satisfaire son époux tout le temps où la nature la contraint à l'enfantement ;

d'une humeur aigre, acariâtre, impérieuse ; tyran, si on lui laisse des droits ; bas et rampant, si on le captive, mais toujours faux, toujours méchant, toujours dangereux », etc., etc. Est-ce la femme sadienne selon le poète ? La femme un jour pourvue des ailes avec lesquelles elle sauvera l'humanité ? Celle qui fera dire à Aragon, dans une mélopée pour les transistors, qu'elle est « l'avenir de l'homme » ? – mais aussi : que « le poète a toujours raison »...

On pourrait remplir des cahiers avec les considérations misogynes, phallocrates et machistes du marquis de Sade. Il n'est pas une seule page de son œuvre complète qui ne présente la jubilation d'un massacre, de tortures, de mauvais traitements infligés aux femmes. *Les Cent Vingt Journées de Sodome* constituent une anthologie de ce que des libertins hommes peuvent infliger aux femmes, les victimes de prédilection du marquis, incapable de jouir autrement qu'en infligeant de la souffrance à autrui.

En matière de haine des femmes, le texte sadien se double de la vie de Sade. Souvenons-nous de la séquestration, de la torture, des coups et blessures, des menaces de mort à l'endroit de Rose Keller. Mais la biographie de Sade regorge de mauvais traitements concrets infligés aux femmes : ainsi *l'affaire Jeanne Testard* dans la nuit du 18 au 19 octobre 1763. Sade, alors âgé de vingt-trois ans, ramasse dans la rue une jeune ouvrière au chômage, enceinte, à qui il promet de l'argent, avant de la séquestrer, d'exiger ses faveurs sexuelles, de la menacer de mort et de multiplier les scènes scatologiques et anticléricales – se masturber sur les morceaux d'un crucifix brisé par ses soins, éjaculer dans un calice, fouiller le sexe avec des hosties, etc. ; *l'affaire Rose Keller*, donc, le 3 avril 1768 ; *l'affaire de Marseille*, le jeudi 25 juin 1772, au cours de laquelle son valet Latour ramasse quatre jeunes prostituées que le marquis drogue à la cantharide avant de les sodomiser, de se faire lui-même « pédiquer » par son valet, puis « irrumer » (pour utiliser le vocabulaire pédant de Gilbert Lely...), autrement dit sucer..., par son domestique. L'aristocrate utilise un martinet dont les lanières portent des épingles et s'en fait frapper, puis frappe. Il sodomise ses victimes, les maltraite après les avoir droguées... À quoi il faut ajouter, en janvier 1775, *l'affaire dite « des petites filles »* ; puis, en janvier 1777, *l'affaire Catherine Trillet*... Chacun appréciera la qualité du féminisme du marquis.

Pour sa défense, Sade utilise un argument classique, repris à satiété par la fratrie de Saint-Germain-des-Prés qui répète comme un seul perroquet : elles étaient consentantes – et puis, c'étaient des prostituées, dès lors, elles faisaient leur métier... Outre que le consentement de la victime s'avère presque toujours l'unique argument du bourreau pour sauver sa peau, on mesure quelle idée l'aristocrate et ses thuriféraires, Jean-Jacques Pauvert en tête, se font d'une prostituée comme d'un pur objet sexuel dénué d'humanité et de consentement auquel on peut tout infliger puisqu'elle n'est bonne qu'à ça – et *payée*...

Arcueil, Marseille, mais aussi ce que nous ne saurons pas et qui ne sera pas remonté jusqu'au tribunal parce que Madame de Sade aura payé de très grosses sommes ou que le statut d'aristocrate assure d'une grande impunité avant la

Révolution française – d'où l'intérêt de devenir révolutionnaire après 1789 pour tâcher d'obtenir là l'impunité du libertin perdue ailleurs... Dès lors, on ignorera toujours à qui appartenaient les ossements humains retrouvés dans le jardin du marquis... Peut-être à une femme ailée appelée à révolutionner l'humanité ?
Sade était incapable de considérer les femmes autrement que comme des objets sexuels, partenaires d'orgies dans les meilleures hypothèses, celles de l'égalité des maquerelles dans le crime (est-ce là modèle féministe à dupliquer ?), ou victimes de la boucherie du marquis et de ses comparses. Là encore considérons en regard le texte sadien et la pratique du seigneur accumulant les ennuis avec la justice pour enlèvements, puis violences sexuelles sur ses très jeunes employées. Ainsi, en janvier 1775, ce que Lely nomme « l'affaire des petites filles » *auxquelles on doit les emprisonnements* de Sade, et non à l'arbitraire d'un pouvoir royal chargeant un marquis pour son trop grand goût de la liberté ! Sade a infligé à cinq jeunes filles ses habituels fantasmes : coups et blessures,

incisions, flagellations, sodomisation, etc. Les parents portent plainte. Lely rapporte ce témoignage : « Une des enfants, la plus endommagée (*sic*), est conduite en secret à Saumane chez l'abbé de Sade, qui se montre très embarrassé de sa garde et, sur les propos de la petite victime, accuse nettement son neveu. » Une autre sera enfermée dans un couvent.

Madame de Sade, dont on a dit pis que pendre en faisant d'elle une virago détestant son mari, écrit en février 1775 une lettre à l'abbé de Sade. Elle précise avoir fait tout ce qui était en son pouvoir pour étouffer l'affaire et invite l'abbé à agir de même : il s'agit d'« anéantir les propos de cette fille » – de la garder avec lui, de la tenir cloîtrée afin d'éviter qu'elle parle. La Montreuil de Sade menace l'abbé en lui rappelant fort opportunément quelques participations vicieuses aux affaires du temps jadis !

Elle nie tout en bloc : son mari n'a rien fait et, contrairement à ce que dit l'abbé qui semble savoir ce dont il parle pour en avoir été moins le témoin que l'un des acteurs, la marquise, dit-elle, n'a jamais été « la directrice des plaisirs de

[son] mari »... Sade n'a rien fait puisque, dit-elle, « il est très certain que mon mari n'a pas depuis un an mis les pieds à La Coste » – donc depuis février 1774. Ce qui est faux... Gilbert Lely précise en effet dans sa *Vie du marquis de Sade* qui détaille de façon hagiographique les moindres faits et gestes de son héros jour après jour : « juin 1774 – Le marquis est revenu dans ses terres »... Bien qu'elle avoue avoir effectivement privé de liberté dans son château une jeune fille qui s'en est évadée, elle persiste et signe : ni son mari ni elle ne sont responsables ou coupables. Pourquoi, dès lors, dans une autre lettre datée du 15 février 1775, je cite Lely : « La marquise supplie l'abbé de ne pas laisser examiner par un médecin la fille qui est chez lui » s'il n'y a rien à craindre ? Complice en libertinage, Sade et son épouse agissent en prédateurs pour une scène des cruautés sur laquelle les femmes concrètes, réelles, en chair et en os, constituent, *comme dans les livres* du marquis, les mets de choix... Madame de Sade intervient directement auprès du procureur du roi pour enterrer l'affaire...

À cette « affaire des petites filles », ajoutons que Sade engrosse un peu partout régulièrement sur son passage – le marquis a le goût des relations ancillaires… La marquise se dépense pour obtenir des arrangements afin d'éviter les ennuis à son mari : elle distribue force cadeaux (des « nippes » et des « cajoleries » aux petites filles selon Gaufridy), de l'argent sonnant et trébuchant (Rose Keller reçoit une forte somme, « cent louis » – soit dix mille euros d'aujourd'hui…), mais elle sait aussi faire emprisonner les victimes (la servante Nanon est enfermée à la maison de force d'Arles sur ordre du roi après intervention de la marquise…).

Malgré cet entregent des aristocrates de Sade auprès du roi de France pour couvrir les frasques du marquis, quelques affaires, probablement parmi tant d'autres, traversent tout de même les siècles : Rose Keller à Arcueil, les viols de Marseille, « l'affaire des petites filles », sans oublier les ossements humains retrouvés dans le jardin, les sévices sans dénonciations, et retenons également « l'affaire Trillet », une nouvelle histoire dans laquelle le marquis de Sade, probablement, persiste dans le *féminisme* selon Apollinaire !

Quelle est cette affaire ? Le marquis prétend vouloir embaucher quatre domestiques, des jeunes filles – en fait, de nouvelles proies pour son théâtre sadique. Un prêtre les lui fournit. L'une d'entre elles s'appelle Catherine Trillet mais, au château, les de Sade nomment la jeune fille... Justine. Elle se trouve embarquée dans les folies sexuelles du marquis. Le père de Catherine Trillet vient rechercher sa fille. Le vendredi 17 janvier 1777, entre midi et une heure, il se présente chez Sade, tire au pistolet à bout portant sur le marquis – et manque son coup. Il part, revient avec des comparses, tire une nouvelle fois, avec le même insuccès ! Le tireur malhabile s'enfuit et porte plainte. Le 13 février, Sade entre au château de Vincennes. La suite est connue.

Malade, pas médecin

Contre la légende d'un Sade préfreudien

Apollinaire pense également que l'homme de lettres, l'écrivain, le romancier, l'auteur de théâtre, pose les bases de la psychopathologie sexuelle moderne. Plus fort encore, l'homme des calligrammes affirme qu'on trouve dans son œuvre « une classification rigoureusement (*sic*) scientifique (*sic*) de toutes les passions dans leur rapport avec l'instinct sexuel ». Enfonçant le clou, le poète entretient plus loin du « côté scientifique » des *Cent Vingt Journées de Sodome*... Apollinaire avait une singulière conception de la rigueur et de la science. On peut préférer une épistémologie moins incertaine.

Plus tard, quelques-uns font même du marquis de Sade le précurseur du docteur Freud – il est vrai que l'aristocrate provençal et le parapsychologue viennois envisagent la science de la même manière ! Mme Élisabeth Roudinesco, « historienne » de cette parapsychologie postmoderne, se contente également de dupliquer le mythe dans un ouvrage intitulé *La Part obscure de nous-mêmes*, sous-titré *Une histoire des pervers* (un sujet qu'elle connaît bien...), et parle de « Sade, théoricien (*sic*) des perversions sexuelles » – on aura bien lu : *théoricien*...

Je voudrais solliciter Annie Le Brun qui écrit dans *Sade, aller et détours*, concernant *Les Cent Vingt Journées* : « C'est sûrement le texte le plus insupportable de Sade. Toute personne qui le lit sérieusement en est malade. » En effet, je l'ai lu *sérieusement* et j'ai effectivement la faiblesse de penser que, sur ce point, Annie Le Brun a raison : la lecture de ce livre rend malade par tant de complaisance à l'abjection.

Afin d'éviter l'écœurement consubstantiel à une relecture de mes notes pour une formulation nouvelle, je vais me contenter de citer un texte publié dans *Le Souci des plaisirs*, car je ne vois pas autre chose à faire qu'un copié-collé de cette liste que j'avais effectuée, plume à la main, après cette lecture sérieuse de ce livre infâme, pour établir l'inventaire des perversions pratiquées par les héros de Sade.

Allons-y : « éjaculer sur le visage d'une jeune fille ; uriner sur le sexe d'un curé ; avaler la morve d'une vieille ; boire l'urine d'un grabataire malpropre ; se masturber dans des cheveux, sur un cul ou tout autre membre ; défoncer un cul, un con ; dissimuler un corps, sauf une partie ; jouir des mauvaises odeurs – pets, excréments, sueur ; avaler une décoction de crasse, de saleté, de merde humaine ayant mariné dans du champagne ; manger les sécrétions fermentées accumulées entre les doigts de pied ; gober les rots d'une femme qui n'arrête pas d'en produire ; *idem* avec les pets ; boire le vomi d'une femme gorgée d'émétique ; manger des aliments humectés au sexe d'une octogénaire ; lécher l'anus pustuleux d'un vieillard ne s'étant jamais lavé ; boire le sang menstruel ; manger fausses couches et fœtus ; se délecter de toutes sortes d'étrons humains, chauds, froids, tièdes, secs, humidifiés à l'urine, fermentés, moisis ; boire des lavements confectionnés avec du lait ; contrefaire les cris d'un enfant ; se faire langer ; dépuceler avec un étron ; fouetter avec divers objets : verges imbibées de matière fécale, de vinaigre, fouets aux lanières d'acier, martinets avec pointes recourbées ; frictionner les plaies à l'urine ; "péter dans un verre de vin de champagne" ; se faire attacher à une échelle puis transpercer les testicules avec des aiguilles d'or ; *idem* avec le gland, les fesses ; se faire brûler avec des pinces, piquer avec une alène de cordonnier ; introduire un bâton avec des épines dans l'urètre d'un homme ; brûler le sexe avec la cire d'une bougie ; se faire lier les articulations et serrer le cou ; "se faire coudre le trou du cul" ; imbiber les poils avec un liquide inflammable et y mettre le feu ; brûler l'anus avec une bougie ; jouer à pète en gueule ; blasphémer ; doucher à l'eau bouillante ; frotter le corps avec du gravier porté à l'incandescence ; se branler sur un cercueil ; profaner cimetières et cadavres ; tuer et sodomiser une jeune femme dans la seconde suivant l'assassinat ; éjaculer en assistant à une exécution capitale ; simuler un homicide – enfermer dans un sac, le coudre, le jeter à l'eau, le récupérer ; brûler vif le corps d'une femme ; enfermer dans une cage de fer sans possibilité de se tenir debout ou de s'asseoir ; gonfler une femme par l'anus avec un soufflet de forge jusqu'à éclatement ; sodomiser un dindon, le décapiter au moment de décharger ; *idem* avec chiens, chats, boucs, cygnes, chèvres ; se faire sodomiser par un cheval, un taureau ; entrer un serpent dans son anus ; enfermer dans un cercueil ; simuler une exécution ; crucifier ; installer dans un caisson à raréfier l'oxygène ; effectuer des lavements à l'huile bouillante ; faire avorter une femme ; saigner jusqu'à l'évanouissement ; confectionner du boudin avec son sang et le manger ; cautériser les plaies au fer rouge ; arracher les dents ; donner des coups de marteau ; casser des membres ; énucléer, inciser, tailler, couper les corps ; réduire un homme à l'état de tronc et le sodomiser chaque jour pendant une année ; jeter "dans un four ardent" ; organiser des spectacles de pendaisons ; remplir des fosses de cadavres. » Qui doutera du caractère scientifique de pareils délires ? Théoricien des perversions, Sade, vraiment ? Ou maniaque collectionneur de perversions ?

Établir une liste, un catalogue, un inventaire, un dénombrement ne constitue aucunement une œuvre scientifique ! D'autant que l'accumulation de perversions effectuée par Sade ne procède pas d'observations et de descriptions cliniques réalisées au chevet de patients après une longue enquête établie selon les modalités sociométriques de l'enquête médicale, mais du délire personnel d'un inventeur de situations romanesques. Quel roman peut être dit producteur de science depuis que ce genre littéraire existe ? Où, quand, comment et de quelle manière, pour reprendre la formule d'Apollinaire, peut-on trouver dans l'œuvre romanesque de Sade une « classification rigoureusement scientifique » ?

Rien n'est *classé*, tout apparaît dans le désordre le plus grand d'un pervers tout à son entreprise de destruction par le sexe ; rien n'est *rigoureux*, tout est fantasmagorique, rêvé, imaginé, fantasmé ; rien n'est *scientifique*, tout est péremptoire, affirmatif, performatif – et, de fait, si on lit Freud sans se contenter de répéter les habituels lieux communs sur l'homme, le personnage et l'œuvre, on voit qu'en effet Sade peut fonctionner en précurseur de la « science » freudienne, mais dans la mesure où cette prétendue science freudienne est ce qu'elle est : l'extrapolation de fantasmes personnels de l'auteur à l'humanité tout entière. Mais exonérons Sade de cette bêtise : lui n'a jamais prétendu, au contraire de Freud, faire de ses romans une théorie scientifique…

Sade incarne un excellent cas de sadique, certes, et l'historiographie sexologique ne s'y trompe pas en associant pour toujours le nom de cet homme à son mal – jouir théoriquement et pratiquement dans la souffrance infligée – dans, par et pour elle. Mais il y a loin de la pathologie d'un auteur à la transformation de l'écrivain en théoricien de sa pathologie ! Un cardiaque n'est pas un cardiologue, ni un diabétique un diabétologue… Sade se contente de fournir un excellent matériau à la médecine de son mal – rien d'autre. Et surtout pas en *scientifique rigoureux*…

Historiquement daté

Contre la légende d'un Sade
précurseur du XXe siècle

N'oublions pas ce premier vers de « Zone ». Apollinaire écrit : « À la fin tu es las de ce monde ancien »... Le XXe siècle déborde de l'aspiration à un changement de paradigme culturel. Le chiffre rond et la perspective d'un millénaire nouveau emballent tous azimuts les bêtas croyant que le temps obéit aux calendriers. Même dans les milieux intellectuels, « 1900 » signifiait une rupture, une coupure, un passage. Des années avant la date fatidique, Nietzsche ne fut pas insensible à la perspective des Mille Ans à venir. Freud non plus, qui postdatait *L'Interprétation du rêve* afin de laisser croire que ce texte de 1899, tellement fils de son temps, triompherait moins en reste du XIXe, ce qu'il fut, qu'en annonce d'une révolution à venir – celle du XXe...

La perspective d'un homme postchrétien, révolutionnaire, nouveau, inédit, se manifeste dans des formules politiques extravagantes : l'*Homo sovieticus* marxiste-léniniste, l'*homme nouveau* de Mussolini, le *surhomme* national-socialiste... Toutes ces figures procèdent de cogitations d'intellectuels, de penseurs ou de philosophes séduits par l'*homme total* de Marx, le *futuriste* de Marinetti ou le *surhomme* de Nietzsche. Au début du XXe siècle, le désir d'une civilisation radicalement nouvelle à même de permettre un millénaire inédit conduit quelques prescripteurs, dont Apollinaire, à chercher des pistes, des modèles – des *inducteurs*. Dont Sade, qui fonctionne comme tel dans l'esprit du poète.

D'où cette dernière légende concernant Sade. Apollinaire écrit : « Cet homme qui parut ne compter pour rien durant tout le XIXe siècle pourrait bien dominer le XXe siècle. » D'abord, une fois de plus, il est faux d'affirmer que Sade compte pour rien dans le siècle de la révolution industrielle : le marquis meurt le 2 décembre 1814, Apollinaire publie son texte en 1909 et, entre deux, soit pendant quatre-vingt-quinze ans, cet homme fut considéré, positivement ou non, par Rétif de La Bretonne, Royer-Collard, Charles Nodier, Michelet (qui a tout compris et fait de lui « l'apôtre des assassins »), Jules Janin, Sainte-Beuve (le patron de la critique littéraire de l'époque), Balzac, les frères Goncourt, Swinburne, Huysmans, Gourmont – on fait auteur plus oublié !

Ensuite, annoncer qu'un homme pourrait dominer le siècle dont on est soi-même le prescripteur permet d'expérimenter les joies du performatif : qu'un homme qui, dans le petit Paris d'alors, évolue dans le milieu littéraire, mondain artistique, théâtral, journalistique, qui fréquente les gens utiles pour faire ou défaire des réputations avec l'aide de journaux et de revues, qui active le bouche-à-oreille des coteries des avant-gardes, décide que Sade pourrait devenir la référence des cent années à venir, voilà comment une chose dite devient la chose faite !

Reste à produire le nécessaire pour que la prophétie se réalise. La construction de *L'Œuvre du marquis de Sade* (1909), dont Apollinaire rédige la préface hagiographique, choisit les textes aseptisés et signe « l'essai bibliographique » qui l'accompagne, suffit à lancer le mouvement. Le poète travaillait pour Robert et Georges Briffaut, deux jeunes éditeurs auxquels on doit la maison d'édition dans laquelle paraît ce travail sur Sade. Apollinaire a quitté son emploi à la banque Châteaufort et Poitevin, il gagne de l'argent avec ces contributions à la collection « Les Maîtres de l'amour » : il signe un Sade, donc, mais aussi l'Arétin, Mirabeau, Nerciat et Baffo. Le volume est tiré à six cent cinquante exemplaires, plus quelques tirages de tête. Le poète contribue à d'autres projets éditoriaux libertins avec cette équipe – pour « Le Coffret du bibliophile ». Les éditeurs de la Pléiade précisent le détail des sommes convenues dans les contrats, les tirages, retirages et droits mutuels. Les textes sont choisis avec prudence pour éviter les ennuis avec la justice. C'est donc un Sade aseptisé, nullement sadique bien sûr, qu'Apollinaire présente comme le Sade véritable. Dès lors, il peut nous le vendre comme féministe, libertaire, républicain, etc.

Apollinaire rassemble ces préfaces et quelques autres textes concernant la littérature libertine dans un volume intitulé *Les Diables amoureux* déposé au Mercure de France en 1914, puis à *La Nouvelle Revue française* en 1914, avant de paraître finalement chez Gallimard... en 1964 ! Si l'on en croit son ami André Billy : « De la Bibliothèque des curieux et des officines clandestines pour lesquelles, dès 1900, il écrivit des romans et des vers à faire circuler sous le manteau, il tirait de quoi manger. Ce serait à invoquer pour son excuse s'il avait besoin d'une excuse » – les légendes de Sade procéderaient donc du simple tropisme alimentaire du poète... Apollinaire a découvert Sade en faisant un travail de nègre pour un thésard qui payait généreusement ses fiches sur les romanciers de la Révolution. Pour Cendrars, Apollinaire rassemblait sous ce titre « les préfaces, les notes, les biographies qu'il avait pu écrire et publier hâtivement, voire sommairement, dans la collection des “Maîtres de l’amour” de la Bibliothèque des curieux, rue Furstenberg ». Cendras en fait « le livre d’un poète ». En effet : *un livre de poète*. Autant dire : un livre peu soucieux d’exactitude, de vérité, d’histoire, un livre dès lors capable d’induire le début d’une légende. Mais la légende peut produire des histoires terribles.

Seconde partie

Le déshonneur des penseurs

Les penseurs qui le défendent célèbrent donc moins le Sade historique de Michelet que le Sade poétique d'Apollinaire. Nous en sommes encore là... Voilà l'un des rouages de la construction de cette monstruosité littéraire qui consiste à transformer un penseur emblématique de la féodalité en philosophe libertaire révolutionnaire. La négation de l'histoire, le mépris de la biographie font le reste et contribuent à l'amplification de la mythologie avec ajouts de fictions extravagantes aux légendes déjà existantes.
J'ai parlé du Sade de Michelet, pour quelles raisons ? Parce que dans son *Histoire de la Révolution*

française l'historien, qui ne récuse pas la plume du poète, mais travaille l'archive et la preuve plus que le mythe et la légende, consacre quelques pages au marquis, « l'infâme et sanguinaire auteur » (IV.VIII), pages qui, à mes yeux, se révèlent définitives. Preuve qu'à défaut d'une biographie digne de ce nom, au XIXe, on en sait assez sur cet homme pour disposer d'un jugement sûr. Michelet effectue un raccourci saisissant de la vie du personnage : naissance aristocratique, violences sexuelles, achat du silence de ses victimes, empoisonnements, crimes sexuels réitérés, embastillement pour ces voies de fait, compagnonnage avec les royalistes, révolutionnaire par opportunisme, palinodie philanthropique à la section des Piques, démasqué par les révolutionnaires qui découvrent son jeu, sauvé par thermidor (et par les manigances de sa maîtresse…).

Puis il ajoute ceci : « Âgé alors de cinquante ans, professeur émérite de crime, il enseignait avec l'autorité de l'âge et dans les formes élégantes d'un homme de sa condition, que la nature, indifférente au bien, au mal, n'est qu'une succession de meurtres, qu'elle aime à tuer une existence pour en susciter des milliers, que le monde est un vaste crime.

« Les sociétés finissent par ces choses monstrueuses, le Moyen âge par un Gilles de Retz, le célèbre tueur d'enfants ; l'ancien régime par de Sade, l'apôtre des assassins.

« Terrible situation d'une République naissante, qui, dans le chaos immense d'un monde écroulé, était surprise en dessous par ces reptiles effroyables. Les vipères et les scorpions erraient dans ses fondements. »

Voici donc en quelques mots un portrait juste, exact et historique de Sade. Dès lors, dès 1847-1853, (date de publication de cette *Histoire de la Révolution française*, soit environ trente-cinq ans après sa mort seulement...), on pouvait savoir qui était exactement ce personnage : un aristocrate royaliste, coupable de violences sexuelles réitérées, apologiste du crime, révolutionnaire par opportunisme, penseur légitimant le meurtre, sauvé de la guillotine révolutionnaire par les thermidoriens.

Comment dès lors expliquer que, nonobstant ces informations disponibles, on fasse de ce personnage réel, historique, une légende littéraire et philosophique aux antipodes de ce qu'il fut ? Une réponse simple renvoie à ce qui, depuis toujours, constitue le fonds de commerce de la religion : le désir de croire en dehors de tout souci de la raison raisonnable et raisonnante, l'envie de souscrire aveuglément, avec passion, à une légende au mépris de l'histoire, l'inclination au merveilleux des fables doublée du refus des faits, du réel, du concret, de ce qui a eu lieu... Cette passion déraisonnable se constitue paradoxalement avec des philosophes, plus particulièrement avec le structuralisme, un genre de religion talmudique du texte qui prit *Le Livre* pour une divinité nouvelle, avec son cortège de divinités associées : le texte, l'écrit, la langue, le syntagme, le morphème, le signifiant, le signifié et autres idoles qui inaugurent l'ère de « la littérraâââturrre » – pour parler comme le Céline des *Entretiens avec le professeur Y*.

Philosophe réaliste

Contre la légende d'un Sade surréaliste

Cette religion de la littérature s'enracine dans le surréalisme. Non pas tant dans la pratique littéraire surréaliste que dans la théorie surréaliste de la littérature – disons : sa pensée de la littérature, pour ne pas dire sa philosophie de la littérature. André Breton écrit des poèmes, certes, l'affaire est entendue, mais il se pique également de théoriser, de formuler une doctrine générale – la littérature en fut évidemment l'objet de prédilection. Sade joue dans cette aventure un rôle majeur : celui de... *moraliste* ! La preuve dans *Les Pas perdus* : « Les moralistes, je les aime tous, particulièrement Vauvenargues et Sade »...

Dans son *Manifeste du surréalisme*, André Breton instruit clairement « le procès de l'attitude réaliste » (I, 313) au profit de l'attitude... surréaliste : l'imaginaire et l'imagination, le rêve et la fiction, le sommeil et le hasard, le mystère et la « surréalité » (I, 319), le « merveilleux » et la féerie, le médiumnique et le conte de fées, l'hystérie – présentée comme « la plus grande découverte poétique de la fin du XIXe siècle » (!) et « comme un moyen suprême d'expression » dans *Le Cinquantenaire de l'hystérie, 1878-1928* – et la folie, le tout couronné par un éloge des fameuses « découvertes de Freud » (I, 316), voilà les pistes qu'entend explorer le poète... Breton attaque clairement la raison, la logique, le rationalisme, l'analyse, au nom du surréalisme, un mot dont Breton signale qu'il constitue... un « hommage à Guillaume Apollinaire » et à sa... méthode ! Dans sa définition de « surréalisme », Breton parle de « jeu désintéressé de la pensée » – or la pensée n'est jamais un jeu désintéressé, sauf pour les esthètes...

André Breton correspond avec Apollinaire dès décembre 1915. Leur première rencontre date du

10 mai 1916, à l'hôpital, le lendemain de sa trépanation. Le poète lui dédicace alors un exemplaire d'*Alcools*. À partir de cette date commence une relation très intime, Breton précise qu'ils se sont vus presque tous les jours jusqu'à sa mort, soit au café de Flore, soit au domicile d'Apollinaire au 202, boulevard Saint-Germain. Dans ses *Entretiens*, Breton affirme de son ami qu'il incarne « le lyrisme en personne » avec pour devise « j'émerveille »... Puis il ajoute, lucide : « Apollinaire allait de l'avant, quitte à donner parfois dans l'envers du décor » (III, 438) !

Le premier *Manifeste* ouvre des possibles considérables sur le terrain esthétique : il rend possible une véritable révolution dans le monde de l'art. Peinture, littérature, poésie, sculpture s'en trouvent considérablement enrichis – la chose est incontestable et il n'y a pas à revenir sur le coup de génie dialectique que représente le surréalisme. Mais le droit d'inventaire peut fonctionner sur le terrain de la pensée induite par cette révolution. Que le rêve prenne le pouvoir sur la toile de Tanguy, dans le marbre de Brancusi, le verbe de Breton, le cinéma de Buñuel, la sculpture de Calder ou les photos de Man Ray, rien que de très normal – et pour tout dire : rien de très original... Mais qu'il fasse la loi partout ailleurs, voilà qui pose problème...

Sartre a senti le danger tout de suite et, juste après-guerre, dans *Situation de l'écrivain en 1947*, il reproche aux surréalistes d'avoir choisi la psychanalyse pour éviter l'histoire, de renvoyer plus aux mécanismes de l'inconscient freudien qu'aux logiques concrètes de production d'un sujet. Breton et les siens vivent en présence d'objets imaginaires, aux antipodes de la réalité tangible. Perspicace comme il pouvait l'être dès qu'il quittait le terrain de la politique, Sartre affirme avec justesse que le surréalisme a pour « projet d'anéantir tout le réel » au profit d'un monde merveilleux...

Dans cette entreprise de déconsidération de l'histoire, de mise à mort du réel, de néantisation de l'être, Sade fonctionne comme une caution. Voilà pour quelles raisons, dans le premier *Manifeste du surréalisme*, Breton établit une liste de ceux qui, selon lui, avant le surréalisme, ont fait acte de surréalisme. On découvre ainsi dans cette vingtaine de noms celui du marquis car « Sade est surréaliste dans le sadisme » (I, 329)... Quel Sade ? Quel sadisme ? Comment l'écrivain le fut-il dans la pathologie qui porte son nom ? Breton ne précise pas...

La constellation surréaliste récite le catéchisme appris chez Apollinaire. Pour Breton : Sade figure dans la galerie des Glaces des précurseurs du château surréaliste ; il incarne dans sa vie, et ce jusqu'à la mort, la liberté des mœurs ; il inaugure la figure inédite de la femme qui donne à l'homme sa plus haute chance ; il brille en compagnon de route de l'amour courtois (on rêve...) ; il s'avère l'abolitionniste du châtiment capital. Pour Éluard, le marquis incarne le héros et le martyr de la « justice et de l'égalité absolues » ; il élabore un système de pensée qui rend aux hommes et aux femmes leur liberté naturelle ; il permet une authentique vie commune entre les humains ; il est même, rions encore une fois, un précurseur de... Proudhon (lire *L'Intelligence révolutionnaire*) ; il rédige d'innocentes bluettes et ceux qui le critiquent sont « des écrivains pornographiques » (!) ; il triomphe en divinité, puisqu'il écrit dans *Le Poète et son ombre* : « Quelle épithète assez divine pourrais-je vous appliquer, marquis de Sade ? » Pour Aragon, le nom propre de Sade devient un nom commun, un signe de ralliement poétique, le signifiant de la constellation subversive et transgressive, il accède au statut métonymique et désigne le scandale moderne – dans un poème intitulé « Un air embaumé », Aragon écrit : « Mon Sade Orphée Apollinaire » ; Aragon et Breton rédigent un texte daté de février 1922 dans lequel Sade devient « la véritable incarnation de l'esprit révolutionnaire, que le XIXe siècle n'est pas parvenu à étouffer » – on se doute qu'ils n'auront pas lu le marquis, car ils se trompent en citant quelques titres de leur héros : *Justice* (*sic*) au lieu de *Justine,* et *Les Cent Vingt Jours* (sic) *de Sodome* au lieu des *Cent Vingt Journées,* on ne peut mieux dire combien le souci du texte compte pour zéro. Pour René Char, l'auteur d'un *Hommage à D.A.F. de Sade* : le penseur qui déteste les femmes est le grand homme de l'amour – « Sade, l'amour enfin sauvé de la boue du ciel ». Pour Desnos, qui rédige *De l'érotisme considéré dans ses manifestations écrites et du point de vue de l'esprit moderne* : « L'œuvre du marquis de Sade est la première manifestation philosophique et imagée de l'esprit moderne. Toutes nos aspirations actuelles ont été essentiellement formulées par Sade quand, le premier, il donna la vie sexuelle intégrale comme base à la vie sensible et intelligente. L'amour qui nous fait vibrer aujourd'hui et que nous revendiquons avec la liberté comme prétexte de nos actes est celui que formule dès la première *Justine* D.A.F. de Sade » ; de même, dans son roman *La Liberté ou l'Amour !* Le marquis triomphe en instigateur du 14 Juillet ; il incarne le parangon de la liberté, ce dont témoignent ses années d'enfermement, il est l'ami de Robespierre, le défenseur de la justice et de la clairvoyance politique.

Voilà donc le catéchisme apollinarien correctement récité par ces poètes qui revendiquent la liberté, la subversion, l'originalité, la fin des maîtres, la « liberté libre » de Rimbaud ! Le recyclage d'un triste catalogue des affabulations d'Apollinaire ânonnées par les bons élèves de la classe surréaliste ! Dans cette armada poétique, personne n'a lu Sade en homme libre, nul n'a pensé et réfléchi en souverain pratiquant le corps à corps avec le texte, car tous communient dans le commentaire livré par la cléricature littéraire – Apollinaire en pape des lettres !

Bourreau avéré

Contre la légende d'un Sade victime

Avec *Les Onze Mille Verges,* Apollinaire s'essaie à la littérature pornographique ; Georges Bataille y donne lui aussi avec une passion noire. Ce genre ennuyeux est à la sexualité ce qu'un traité de gynécologie est à l'érotisme : une purge. Laissons donc l'*Histoire de l'œil, Ma mère, Le Bleu du ciel* au profit de *La Littérature et le Mal* ou de *L'Érotisme,* des textes dans lesquels l'auteur théorise la religion sadienne pour le public universitaire des années 1970-1980. Une génération de professeurs s'encanaille à pontifier sur Georges Bataille du haut de ses estrades. Avec Lacan et Althusser, Lévi-Strauss et Barthes, *Tel quel* et

Commentaire, l'institution se gausse de coprophilie et de sodomie, de nécrophilie et de zoophilie, de fétichisme et de sadomasochisme, de pédophilie et de viol défendus comme manifestations de « l'hétérologie » – un mot ronflant pour signifier la dilection pour les déchets ! Pour la subversion institutionnelle de ces années-là, Sade fournirait autant d'invitations à se libérer... Sade enseigné à l'université annonce l'entrée dans la Pléiade, un monument de papier constellé d'annotations qui inscrivent dans le marbre du papier bible la légende fabriquée par Apollinaire. Notes, bibliographies, renvois dans l'œuvre, citations, articles en serbo-croate, pensums de professeurs : la légende poursuit son chemin. Sade icône, Sade demi-dieu, Sade divinité, Sade révolutionnaire, Sade subversif, Sade transgressif – mais, toutefois, Sade à la Sorbonne, Sade en papier bible, Sade dans les colloques, Sade à Cerisy... Les matières fécales, le sperme, le sang, la mort, la bave, l'urine deviennent l'or des bateleurs d'amphithéâtre...

On ne s'étonne donc pas que *La Littérature et le Mal* s'ouvre sur un avant-propos dans lequel

Bataille confesse sa dette au surréalisme ! Le jeune homme influencé par les théories de Breton, devenu un homme d'âge mûr, reprend quelques textes jadis parus dans la revue *Critique* et les rassemble sous la rubrique commune : de la « littérature » – définie comme « forme aiguë du Mal » (avec une majuscule) ! Pour quelles raisons ? On ne le saura pas, mais il plaît à Georges Bataille que la littérature ait maille à partir avec le mal... Elle ne serait pas innocente, et il lui faudrait plaider coupable. De quel forfait ? Même silence – mais puisque Bataille le veut ainsi... Il suffit de s'inscrire dans le sillage de Paulhan, de Klossowski ou de Blanchot, tous alors récents auteurs d'un livre sur Sade, pour que, ces honorables prescripteurs aidant, le sujet se trouve nimbé d'une aura particulière : « attention génie révolutionnaire ! » écrit en substance Georges Bataille... Et, lui aussi, lui encore, lui toujours, de citer dès la deuxième page les travaux de... Guillaume Apollinaire !
Suivent alors les habituels lieux communs de la légende dorée : Sade opposé à la peine de mort ; Sade compagnon de la souveraineté populaire de

la Révolution française ; Sade suscitant la prise de la Bastille ; Sade héraut de la liberté absolue ; Sade libertaire enchaîné par tous les pouvoirs ; Sade symbole de la fête révolutionnaire ; Sade généreux et doux ; Sade révolutionnaire ; Sade indemne dans sa vie de tout crime véritable ; Sade totalement dissociable de ses héros ; Sade polymorphe dans son œuvre et nulle part assignable à un discours, donc Sade sans pensée particulière – bien que quelques lignes plus loin Bataille en fasse le philosophe du « déchaînement »...

Le déchaînement s'avère moins l'épicentre de la pensée de Sade et du sadisme que celui de Georges Bataille : lorsqu'un individu se déchaîne, il se détruit ; et ce qui détruit déchaîne aussi. Mise à nu radicale, expérimentation des limites, outrepassement de celles-ci, désordre sexuel cardinal, volupté dans la transgression, le crime en l'occurrence, le meurtre, aspiration au cadavre, passion pour la mort, tutoiement de l'infini dans les ténèbres, association de la sexualité à la pulsion de mort, volupté dans le mal, religion de l'excès, goût pour les supplices, fascination pour l'effroi, la douleur, la décomposition, la souillure, le blasphème, la sainteté dans le mal, le sacrifice, l'horreur et le sacré ! Le portrait de Sade par Bataille constitue un autoportrait. Qu'on songe au Bataille se masturbant devant le cercueil de sa propre mère !

Dans « Sade et l'homme normal », une étude de *L'Érotisme,* Bataille criminalise le lecteur pour qui Sade est un criminel ! Ainsi, la critique pourtant fondée de Jules Janin devient-elle passion d'un homme qui voit en Sade « le meurtrier possible de sa fille »... Dès lors, l'humanité se sépare entre les hommes anxieux qui ont peur de la vie et n'aiment pas Sade et les hommes divins qui jouissent de détruire – autrement dit : entre Jules Janin et Georges Bataille... D'une part, l'homme du commun, le sot personnage qui ne comprend rien à rien ; d'autre part, le surhomme jubilant de la cruauté – soit l'alternative : « la vie anxieuse et la vie intense – l'activité enchaînée et le déchaînement » ou bien encore « l'angoisse et la joie ». Qui voudrait d'une vie anxieuse ?

Bataille part du principe que Sade ne rédige pas son portrait en écrivant son œuvre, mais celui de l'humanité tout entière : Sade ne serait donc pas seul à être sadique, puisque tous les hommes le seraient… La chose se trouve clairement dite : « Le vice est la vérité profonde et le cœur de l'homme. » Ou bien encore : « la pensée de Sade [...] est l'excessif sommet de ce que nous sommes. De ce sommet, nous ne pouvons nous détourner sans nous détourner de nous-mêmes. Faute de nous rapprocher de ce sommet, de nous efforcer d'en gravir au moins les pentes, nous vivons comme des ombres apeurées – et c'est devant nous-mêmes que nous tremblons. » Dès lors, ce qui conduit Bataille à *réellement* verser son sperme sur le cadavre de sa mère n'est pas un geste anormal, sidérant, extravagant, pathologique, dépravé, mais tout bonnement l'expression d'une « vie intense », un geste sacré, transgressif, divin, souverain… Tout simplement ce que chacun de nous a fait, fait, ferait ou fera ! On peut ne pas souscrire à pareille universalisation de la maxime perverse. Bataille élabore une philosophie du désir. Pour ce faire, il a besoin de lois, d'ordre, car, sinon, il n'y a rien à transgresser. La résolution du désir en plaisir paraît trop simple : Bataille souhaite que le désir rencontre des oppositions, il veut des interdits, il souhaite des barrières. Voilà pourquoi, comme Sade, il défend le libertinage pour lui, mais il épargne la société dans laquelle, et non contre laquelle, sa jouissance personnelle s'exerce. Mieux : il souhaite même la conserver afin de rendre possible cette pensée du désir qui, pour être et durer, persévérer dans son être, exige l'interdiction. La prison fut la condition de possibilité de l'œuvre du marquis de Sade. Sans elle, affirme Bataille, il aurait pu réaliser son désir (ce qui fut tout de même le cas le temps que dura sa liberté...), alors il n'aurait jamais ressenti le besoin d'écrire ses fantasmes. L'œuvre est donc la réalisation fantasmatique de sa sexualité empêchée.

Et puis Georges Bataille invente cette idée appelée à une fortune importante dans le XXe siècle : Sade souhaitant, après sa mort, être enterré dans un lieu à l'écart sur lequel on sèmerait des glands afin de faire disparaître les traces de sa tombe et jusqu'à son nom et sa mémoire, Bataille précise « que le sens d'une œuvre infiniment profonde est dans le désir que l'auteur eut de *disparaître* (de se résoudre sans laisser de trace humaine) ». Une passion pour la destruction et pour le néant, certes, mais aussi, et surtout, un désir d'effacer le nom de l'auteur de l'œuvre pour en laisser subsister la seule trace : autrement dit, *le texte*... La parution du premier état de ce chapitre de *La Littérature et le Mal* fut 1947. Celle du livre qui recueille les articles, 1957. L'idée de l'effacement de l'auteur au profit du seul texte sans contexte allait faire son chemin...

Cette éviction de l'auteur au profit de sa seule trace produit des effets philosophiques inattendus : Bataille développe en effet une rhétorique très spécieuse pour expliquer que Sade ne saurait être un bourreau – puisqu'il est une victime ! Laissant de côté les affaires réelles et historiques dans lesquelles le marquis se comporte effectivement en délinquant sexuel, l'auteur de *L'Érotisme* explique que, à la seule lecture du texte sadien, donc en passant sous silence Arcueil, Marseille, Lacoste, les ossements dans son jardin, Bataille comprend que son héros n'est pas coupable. Pour quelle raison ?

« En règle générale, le bourreau n'emploie pas le langage d'une violence qu'il exerce au nom d'un pouvoir établi, mais celui du pouvoir, qui l'excuse apparemment, le justifie et lui donne une raison d'être élevée. Le violent est porté à se taire et s'accommode de la tricherie. » Autrement dit : Bataille postule qu'un bourreau ne parle pas, mais que seules les victimes racontent ; or Sade raconte ; donc Sade ne saurait être un bourreau… « Ainsi l'attitude de Sade s'oppose-t-elle à celle du bourreau, dont elle est le parfait contraire. » Voilà donc « le langage de Sade » plus vrai que l'action de Sade ! Effet du congédiement de la figure historique de l'auteur, de son effacement au profit de son œuvre devenue le seul objet digne d'intérêt, de commentaire et de considération.

Bataille l'écrit nettement : « Le langage de Sade est celui d'une victime » – peu importe que la vie de Sade soit celle d'un bourreau, puisque la vie compte pour rien dans la production de l'œuvre. « Cet aspect est frappant, poursuit Bataille : à l'extrême opposé du langage hypocrite du bourreau, le langage de Sade est celui de la victime : il l'inventa à la Bastille, en écrivant *Les Cent Vingt Journées*. » Rappelons le syllogisme bataillien : le bourreau ne parle pas ; or Sade parle ; donc Sade n'est pas un bourreau. Entre les quatre murs de sa prison, dans laquelle, rappelons-le, il reçoit et dispose de ses meubles et se nourrit en compagnie choisie de repas copieux, le marquis écrit son œuvre – voilà donc bien la preuve, une fois encore, qu'il triomphe en victime !

Mais pour quelles raisons se trouve-t-il en prison ? Question triviale... La vulgate répond : parce qu'il aime plus que tout la liberté et que les gouvernements détestent quiconque aime la liberté. Voilà pourquoi la monarchie, la république et l'empire ont emmuré notre pauvre victime ! Théorie séduisante, certes, et qui présente également l'avantage de l'esprit de corps pour la corporation écrivante, mais qui a l'inconvénient d'être fausse : Sade croupit en prison non par caprice familial, ni par passion libertaire, mais parce qu'il a tellement accumulé les pratiques de bourreau que la connivence des proches (qui achètent pourtant au prix fort le silence des victimes et la protection induite par son statut d'aristocrate) ne suffit plus...

Poursuivant sa glose textuelle au mépris de l'histoire, le chartiste Georges Bataille affirme : « Le langage de Sade nous éloigne de la violence. » Nouveau stade dans le déni de l'histoire ! Le texte qui célèbre dix fois par page la jouissance dans le crime, la volupté dans le meurtre, la jubilation dans l'assassinat nous éloigne de la violence... Par quelle étrange opération du Saint-Esprit ? La violence exprimée sur le papier se transmue de façon magique « en une volonté réfléchie, rationalisée, de violence ». Comme si une volonté rationalisée et réfléchie de violence définissait une non-violence ! Parce qu'elle est de papier et cérébrale, elle récuserait et empêcherait la violence de chair et de sang ! Rien à voir entre Rose Keller et *Justine ou les Malheurs de la vertu*, entre Catherine Trillet et *Les Cent Vingt Journées de Sodome*, entre « les petites filles » de Lacoste et *La Philosophie dans le boudoir*, entre les victimes de Marseille et *Aline et Valcour* ! Qui consentirait qu'au nom de ce statut d'extraterritorialité du texte on dissocie *Mein Kampf* d'Auschwitz ? Les mots pèsent ; la littérature pas plus que la philosophie ne sont jeux d'enfants sans conséquence.

Paradoxalement, en évacuant l'histoire et le nom même de l'auteur, Bataille réduit son champ visuel sur la seule page lue. La projection fait le reste. Car, quand il écrit : « La violence, qui est l'âme de l'érotisme », nous devons conclure à une assertion subjective, à une affirmation personnelle, à un avis, un point de vue qui n'engage que lui et renvoie à sa seule idiosyncrasie. On me permettra de préciser que tous les fils n'aspirent pas à éjaculer sur le cadavre de leur mère.

Cette anomalie de Bataille (tout comme la passion incestueuse de Freud) doit sembler plus facile à vivre quand on l'imagine commune à l'humanité tout entière, d'où la tentation, pour se sentir moins seul, de la généralisation, puis de l'universalisation. Que Sade ait eu à souffrir d'un tropisme psychique qui lui fait associer sexualité et souffrance, éjaculation et douleur, érotisme et violence, révèle la fondation corporelle de *sa* vision du monde – rappelons-nous

Nietzsche : toute philosophie est confession autobiographique. De là à penser que cette histoire personnelle vaut psychologie définitive de l'humanité tout entière, voilà une audace philosophante à rectifier...

Corps malade

Contre la légende d'un Sade sans visage

Dans la corporation des philosophes, le corps de chair du marquis de Sade ne semble présenter aucun intérêt – on lui préfère les agencements du corps de papier de ses héros de romans. De plus, Sade est sans visage : on ne connaît de lui aucun portrait certain. La peinture de Man Ray, avec ce gros visage boursouflé révélé par des briques d'une prison, sert d'icône *ad nauseam*. Une toile de Van Loo semble avoir existé, mais elle semble perdue. Il mesurait 1,68 m, était châtain clair, voire blond, avait les yeux bleus et la peau claire, le visage troué par la petite vérole. À cinquante et un ans, marqué par la vie, la prison, il a les cheveux gris, le front découvert, le visage ovale et plein, le corps obèse.

J'ai rappelé ce souhait du marquis d'être enterré sur sa terre de La Malmaison, près d'Épernon, dans un taillis, sans pierre tombale ni épitaphe, sans signe distinctif permettant de savoir le gisant là. Il voulait effacer, dit-il, toute trace de son passage sur cette terre. Son bien ayant été vendu, il repose dans le cimetière de la maison de Charenton. La fosse est recouverte d'une pierre sans écriture. Contrairement à son souhait, la postérité n'a pas oublié le marquis devenu une figure du monde des lettres, une icône de la subversion institutionnelle. On trouve même quelques-uns de ses textes, accompagnés de l'inévitable portrait de Man Ray, dans les manuels de philosophie et de littérature qui distillent la légende attachée à son nom.

Un penseur exécute au-delà de tout espoir le testament du marquis de Sade daté du 30 janvier 1806 : Roland Barthes. Dans ce texte, outre le désir d'être sans tombe, le marquis, matérialiste et athée, craignant d'être enterré vivant, a exigé une exposition de son cadavre quarante-huit heures dans son cercueil ouvert… Il a formellement interdit l'autopsie : « Je défends absolument que mon corps soit ouvert, sous quelque prétexte que ce puisse être »… Ce désir d'être sans corps, sans visage, sans épaisseur matérielle dans ce monde, sans histoire, Barthes l'a pleinement satisfait.

Ce tombeau d'un philosophe sans visage qui, de surcroît, ne voulait pas de sépulture, Barthes le rédige en 1968 dans un article intitulé « La Mort de l'auteur » – un texte repris dans *Le Bruissement de la langue* en 1984. Il part de *Sarrasine*, un texte de Balzac. Qui parle ? demande Barthes. Le héros ? Balzac ? Impossible de savoir car « l'écriture est destruction de toute voix, de toute origine. L'écriture, c'est ce meurtre, ce composite, cet oblique où fuit notre sujet, le noir-et-blanc où vient se perdre toute identité, à commencer par celle-là même du corps qui écrit » (II, 491). On ne fait pas plus anti-nietzschéen dans la négation du sujet, de l'auteur, de l'écrivain, de l'histoire. Le texte n'est plus une confession autobiographique aux racines immanentes, mais un saint sacrement littéraire, une divine hostie textuelle, un graal verbal !

Quand l'écriture commence, professe Barthes, « l'auteur entre dans sa propre mort » ! Belle formule, mais est-elle vraiment juste ? Signer de son nom un pareil constat, consentir à son impression sur la couverture d'un livre, répondre à ceux qui s'indignent de l'ineptie d'une pareille thèse en signant de ce fameux patronyme une réponse argumentée dans une revue – toute cette palinodie ne témoigne-t-elle pas d'un genre de posture telle celle du philosophe péripatéticien qui enseigne l'inexistence du mouvement en marchant ?

Pour Barthes, l'auteur est une invention récente : il convoque la sortie du Moyen Âge, l'empirisme anglais, le rationalisme français, la foi personnelle en la Réforme, la découverte du prestige de l'individu, « le positivisme, résumé et aboutissement de l'idéologie capitaliste » (*sic* !) qui a « accordé la plus grande importance à la *personne* de l'auteur ». Dès lors : « L'auteur règne encore dans les manuels d'histoire littéraire, les biographies d'écrivains, les interviews des magazines, et dans la conscience même des littérateurs, soucieux de joindre, grâce à leur journal intime, leur personne et leur œuvre », mais plus pour très longtemps, annonce le prophète de la mort de l'auteur.

Mai 68 est passé par là, bien sûr. L'article paraît dans le quatrième trimestre de l'année 1968. L'heure est à la décapitation des anciens (avant de prendre leur place dans l'institution, Barthes entre au Collège de France en 1976), à savoir aux descendants de Sainte-Beuve qui, les crétins, osent mettre en relation la vie et l'œuvre, la biographie et la pensée, l'histoire et l'art ! Sur la place publique du moment, la guillotine fait tomber la tête de la critique officielle, mais aussi, et surtout, des universitaires en place coupables de prolonger la méthode de Gustave Lanson.

L'auteur Barthes rédige la charte des auteurs qui préparent la mort de l'auteur ! Mallarmé lui permet d'écrire : « c'est le langage qui parle, ça n'est pas l'auteur » ; puis il invite à « supprimer l'auteur au profit de l'écriture » ; il disserte sur Proust et son narrateur, la linguistique, mais aussi, et surtout, le surréalisme qui détruit l'auteur par la promotion de techniques d'écritures collectives, le cadavre exquis par exemple, ou qui célèbre la production d'une œuvre effectuée sous la dictée de l'inconscient avec l'écriture automatique. L'auteur ne préexiste pas au texte (comment peut-on affirmer pareille sottise !), car il naît en même temps que lui : « Il n'est d'aucune façon pourvu d'un être qui précéderait ou excéderait son écriture, il n'est en rien le sujet dont le livre serait le prédicat. » Le texte n'est pas la production d'un démiurge, encore moins d'un Dieu tout-puissant, mais la cristallisation de citations, de textes, de références venues d'ailleurs qui se congèlent dans une œuvre. Mais par qui, si ce n'est l'auteur ? Par le « scripteur », professe Roland Barthes ! Un scripteur qui s'avère « sans passions, sans humeurs, sans sentiments, sans impressions » – le triomphe de l'ange judéo-chrétien !

La mort de l'auteur se double d'une incapacité à déchiffrer le texte pour en donner le sens : car il n'en existe aucun, puisque personne ne peut le trouver. Barthes effectue une transvaluation tout à fait dans l'esprit de Mai 68 : plus d'auteur, que des scripteurs, mais également, et surtout, naissance du lecteur ! Dante, Racine, Rousseau, Stendhal ? Morts sous les pavés... Rabelais, Montaigne, Diderot ? Tombés sur les barricades du Quartier latin ! En revanche, le quidam qui s'empare du texte pour le lire à sa guise, celui-là devient un héros... La source de l'écriture n'est pas l'auteur, mais le lecteur ! Le critique a tort de prétendre saisir et comprendre le mécanisme de la création ; en revanche, sans aucune arme, le lecteur de base peut proposer sa version, elle devient supérieure à celle du spécialiste : « La naissance du lecteur doit se payer de la mort de l'auteur » !

Ce détour théorique par ce texte sur la mort de l'auteur ayant eu un grand retentissement dans les années post-68 permet d'aborder le cas Sade sans aucun souci du personnage historique ! Le texte, rien que le texte ! Mort au contexte ! Barthes peut alors publier en 1971 *Sade, Fourier, Loyola* dans lequel *Le Livre* fonctionne de façon autonome, tel un arbre sans racines. La collision entre ces trois noms propres signale d'ailleurs que la cohérence ne réside pas dans le registre des idées, mais dans celui de la langue. C'est à ce prix qu'un jouisseur féodal ayant pour seul souci de décharger, un véritable penseur hédoniste organisant socialement la volupté de tous et un fondateur d'ordre religieux prêchant l'idéal ascétique peuvent cohabiter sous une même couverture...

Barthes ouvre le bal sans équivoque : *Sade, Fourier, Loyola* est « le livre des Logothètes, des fondateurs de langue ». Non pas une langue de communication, mais une langue « qui ne peut s'offrir qu'à la définition sémiologique du Texte » – majuscules de l'auteur... Dans cette configuration monomaniaque réduite à la seule religion textuelle, le libertin n'est pas un grand seigneur méchant homme, un abuseur de femmes, une incarnation du régime féodal, un despote libidinal, non : « il n'est rien de plus qu'un morphème de rection, un opérateur de phrase » ! Traduit en français correct : un phraseur ! Ou bien, plus simplement : un écrivain... Et rien d'autre.

Barthes émet une étrange hypothèse. Certes, l'auteur n'existe pas, il n'y a qu'un scripteur dans lequel se cristallisent d'autres textes, il fonctionne comme un creuset pour des citations, mais Barthes consent à ce qu'un nom propre ramasse un certain nombre d'anecdotes, des petits faits et gestes, de brèves histoires singulières. Dans cette perspective, il écrit : « Ce qui me vient de la vie de Sade [...], c'est son manchon blanc lorsqu'il aborda Rose Keller. » Que le marquis fasse subir à cette femme des tortures compte pour rien : ce dimanche de Pâques 1768, « M. de Sade, redingote grise, manchon blanc, couteau de chasse et canne », dixit Gilbert Lely, est embusqué et guette une veuve au chômage pour l'entraîner dans un lieu où il la séquestre, la frappe avec verges, martinet de corde, nœuds et bâton, l'insulte, la menace de mort, la taillade au couteau, verse de la cire chaude dans ses plaies – mais l'important selon Barthes c'est sans conteste *le manchon blanc*...

Sade, c'est donc un discours, une langue – des mots, rien que des mots. Dès lors, si un benêt de mon genre voit de l'inceste dans l'inceste, du viol dans le viol, de la torture dans la torture, des mauvais traitements dans les mauvais traitements, s'il prend une incision au couteau pour une incision au couteau, un coup pour un coup, c'est qu'il fait preuve d'une singulière étroitesse de vue, sinon d'esprit : car il faut y voir, ici une *métaphore*, là une *asyndète*, ailleurs une *anacoluthe.* Le réel (y compris littéraire) n'existe pas, trop trivial, il n'existe qu'agencement de *figures de rhétorique*. Le dictionnaire du monde ? L'encyclopédie du réel ? *Les Figures du discours* de Fontanier…

Car Barthes inverse les choses : « Il suffit de lire la biographie du marquis après avoir lu son œuvre pour être persuadé que c'est un peu de son œuvre qu'il a mis dans sa vie – et non le contraire, comme la prétendue science littéraire voulait nous le faire croire. Les "scandales" de la vie de Sade ne sont pas les "modèles" des situations analogues que l'on trouve dans ses romans. Les scènes réelles et les scènes fantasmées ne sont pas dans un rapport de filiation ; elles ne sont toutes que des duplications parallèles, plus ou moins fortes (plus fortes dans l'œuvre que dans la vie) d'une scène *absente, infigurée,* mais non inarticulée, dont le lieu d'infiguration et d'articulation ne peut être que l'écriture : l'œuvre et la vie de Sade traversent à égalité cette région d'écriture »...

Résumons : la biographie de Sade montre que la vie n'est rien et l'œuvre tout ; que le réel n'inspire pas le fantasme, puisque le réel n'est pas le réel trivial, la vie quotidienne, le concret, l'histoire singulière et universelle, mais l'écriture, dès lors, le réel est l'écriture ; que les guillemets qui entourent les « scandales » comme une protection rhétorique avalisent la négation du scandale – là réside à mes yeux le véritable scandale ; que la prétendue science littéraire remplace le déni de l'histoire, le réel, la biographie, l'auteur, et que cette *science*, pour imparfaite qu'elle fût, laisse place à une religion de la littérature dommageable pour quiconque, comme moi, estime néfaste la haine de l'ici-bas.

Cette théologie transforme le libertinage sexuel du marquis en libertinage textuel du scripteur. Dès lors, puisque Barthes semble manifester une passion pour l'inversion, après avoir fait du lecteur le seul auteur de l'œuvre, après un déni du réel qui permet d'affirmer la réalité de tout ce qui le contredit, après transfiguration de la biographie d'un auteur en unique produit de son texte, Barthes fait de Sade, criminel dans son existence et thuriféraire du crime dans son œuvre, la figure emblématique du... « principe de délicatesse » !

Lisons : « Certes, on peut lire Sade selon un projet de violence ; mais on peut le lire aussi (et c'est ce qu'il nous recommande) (*sic* !) selon un *principe de délicatesse.* » Suit immédiatement après l'apparition de cette expression un verbiage qui dilue la possibilité d'un sens à ce fameux principe retrouvé quelques pages plus loin d'une façon claire et sans équivoque. Le principe de délicatesse ? Le fameux « délicieux manchon blanc, objet mis là sans doute pour satisfaire au *principe de délicatesse* qui semble avoir toujours présidé à l'activité sadique du marquis – mais non forcément à celle des sadiques ».

Ici, nous ne sommes pas dans la littérature : ce manchon blanc n'est pas une métaphore de ceci ou une métonymie de cela, il devient l'accessoire vestimentaire *effectivement* porté par le délinquant sexuel le jour de son forfait. Barthes se polarise sur ce détail et renvoie tout le reste dans le néant : le marquis a-t-il oui ou non séquestré, menacé de mort, frappé Rose Keller ? Peu importe, il arborait ce jour-là un si joli manchon blanc ! A-t-il oui ou non incisé, tailladé la chair de cette veuve au chômage abusée par l'aristocrate en lui promettant un louis pour lui faire son ménage ? Il portait ce dimanche funeste un si joli « couteau de chasse ». A-t-il oui ou non frappé la pauvresse ? Il disposait d'une si belle canne…

Comment expliquer ce déni de l'histoire chez un homme qui frise l'indigence intellectuelle en jouant ainsi avec les mots ? Ce même auteur qui consacre un livre à Michelet en 1954 a lu le passage que l'historien consacre au marquis puisque, dans un développement sur « Robespierre-Chat, Marat-Crapaud », Barthes relève que l'historien associe Sade à l'« oiseau de proie ». Il n'ira pas, dans cette collection du Seuil qui présente un auteur et des extraits, jusqu'à proposer le paragraphe concernant l'auteur de *La Philosophie dans le boudoir*… Pourquoi ne souscrit-il pas à l'analyse de Sade par

Michelet ? Réponse désolante : Michelet incarne le prototype du petit-bourgeois ! Dès lors, si la vérité se trouve dite par un petit-bourgeois, c'est qu'il s'agit d'une erreur…

Pourtant, dans *Sade, Fourier, Loyola,* Barthes rédige une page et demie stupéfiante de sagacité concernant le Sade « *social* ». Barthes souligne que « les libertins appartiennent à l'aristocratie ou plus exactement (ou plus souvent) à la classe des financiers, traitants et prévaricateurs, en un mot : des exploitants, la plupart enrichis dans les guerres de Louis XV et dans les pratiques de corruption du despotisme ». De même, les victimes du libertin « appartiennent au sous-prolétariat industriel et urbain […] ou aux serfs de la féodalité terrienne »… Puis il montre comment cette lutte des classes travaille les romans qui reproduisent cette division et cette opposition avec l'unique souci de la rentabilité – en l'occurrence *sadique* : « d'un côté les exploitants, les possédants, les gouvernants, les tyrans ; de l'autre le *petit peuple* ». Suivent des considérations sur le roman social, réaliste, et le roman sadien qui a la préférence de Barthes.

Et puis cette conclusion à ce court texte. Elle vaut également comme ma conclusion pour ce temps consacré à Barthes : « Les pratiques sadiennes nous apparaissent aujourd'hui tout à fait improbables ; il suffit pourtant de voyager dans un pays sous-développé (analogue en cela, en gros, à la France du XVIIIe siècle) pour comprendre qu'elles y sont immédiatement opérables : même coupure sociale, mêmes facilités de recrutement, même disponibilité des sujets, mêmes conditions de retraite, et pour ainsi dire même impunité. »

On lira en regard de ce texte le chapitre d'un petit livre intitulé *Incidents* dans l'ouvrage éponyme : Barthes écrit en exergue « Au Maroc, naguère… ». Où l'on comprend, en effet, que Barthes, aux côtés de Sade, comme avec d'autres libertins, dont lui, a d'excellentes raisons de vouloir effacer l'auteur pour enfouir ses forfaits dans une tombe sans dalle et sans inscriptions… D'où l'intérêt d'être sans visage, et ce pour *ne pas faire d'Histoire*… Le portrait de Sade par Barthes révèle un autoportrait en creux – Nietzsche a bel et bien (toujours) raison…

Vicieux revendiqué

Contre la légende d'un Sade vertueux

Si, ce que je crois, « ce que l'on conçoit bien s'énonce clairement et les mots pour le dire arrivent aisément », concluons sans zigzag que Lacan conçoit mal ce qu'il dit mal aisément... À moins, c'est également ce que je pense, qu'on se souvienne que l'auteur des *Écrits* a été formé au surréalisme et qu'on formule l'hypothèse qu'il n'a cessé d'en être un, présentant les résultats de son écriture automatique ou de ses cadavres exquis cliniques comme des cogitations rationnelles, raisonnables et raisonnantes ! Breton célébrait en effet dans son *Manifeste* l'écriture sous la seule dictée du caprice de l'inconscient – Lacan fut dans ce registre un élève modèle...

L'homme qui, dans les années 1920, connaît André Breton, lit les revues dadaïstes, rencontre les surréalistes, assiste à la première lecture de l'*Ulysse* de Joyce à la librairie Shakespeare & Co, est également celui qui découvre Freud et Maurras – qu'il rencontre à plusieurs reprises, tout en participant à des réunions de l'Action française. Issu d'une famille cléricale et antirépublicaine, Lacan se révèle, au dire de sa biographe Élisabeth Roudinesco : arrogant, vaniteux, dandy, pingre, cassant, méchant, agressif, plagiaire de Clérambault qu'il pille et dénonce ensuite comme... plagiaire ! Il recourt à un langage précieux, sadise ses victimes, invente des cliniques, vole des documents, construit des cas, manifeste une franche opposition aux encyclopédistes et à la philosophie des Lumières. Il cache ses sources surréalistes et dissimule les rôles tenus par Dalí, Éluard et Breton dans sa thèse sur la paranoïa – un travail qu'il envoie à Freud dont la réponse fut, en janvier 1933 : « Merci de l'envoi de votre thèse »... Dalí, quant à lui, célébra ce

De la psychose paranoïaque dans ses rapports avec la personnalité dans le premier numéro de la revue *Minotaure* – une revue fondée par André Masson et Georges Bataille.

Ce Lacan surréaliste se double d'un Lacan bataillien. Jacques Lacan et Georges Bataille cheminent côte à côte : en 1937, avec Caillois, Leiris, Klossowski, Waldberg, Bataille fonde *Acéphale,* une revue doublée d'une société secrète sur laquelle plane un mystère... Dans cette secte voulue comme telle, avec ses rituels, ses gestes, ses codes, on commémore l'exécution de Louis XVI place de la Concorde ; on célèbre ce meurtre en déjeunant d'un tartare de cheval accompagné d'eau plate ; on refuse de serrer la main des antisémites.

Et puis, le plus célèbre, mais aussi le plus celé, un rite d'un genre sadien, sinon sadique : aller séparément de la gare Saint-Lazare à celle de Saint-Nom-la-Bretèche, en pleine forêt, seul, en silence, de nuit, pour se retrouver au pied d'un chêne foudroyé. On brûle du soufre. Avec Bataille, Lacan assiste aux réunions de cette société secrète. Jusqu'ici, tout semble clair. L'obscurité entoure un projet de sacrifice humain sur lequel personne n'a parlé, mais on en connaît assez pour savoir ceci : un texte de Bataille intitulé *Le Sacrifice du gibbon* renseigne sur ce qui fut, *peut-être*, le projet acéphalique... Une femelle gibbon, ficelée, attachée, se trouve placée dans une fosse la tête en bas ; elle offre son anus à la contemplation des participants au rite, nus et passablement « détraqués par l'avidité du plaisir » (dit le texte...) ; au signal donné par l'officiant, le singe est enterré vivant ; les spasmes de la mort par étouffement se manifestent par les contractions anales de l'animal torturé ; matières fécales de l'animal, bave et sueur des participants... Bataille, *dit-on*, aurait voulu le même sacrifice, mais avec un humain. Colette Peignot, la maîtresse de Bataille, aurait accepté – l'un et l'autre se rendaient régulièrement à La Malmaison, sur l'anti-tombe du marquis de Sade. On demanda à Caillois d'effectuer le geste fatal – il refusa. Ce rite devait fonder une religion – que je dirai sadienne.

Les premières réunions du mouvement « Contre Attaque » se tiennent au domicile de Lacan, boulevard Malesherbes, ainsi que les rencontres qui donnent naissance au Collège de sociologie. En 1939, Lacan rencontre Sylvia Bataille, séparée de son mari Georges depuis 1934 – elle devient la seconde épouse de Lacan. En 1941, Bataille loge au 3, rue de Lille ; il signale à Lacan qu'un appartement s'est libéré au numéro 5. Denise Rollin, qui vivait avec Bataille, quitte le 3, et l'auteur de l'*Histoire de l'œil* en même temps. Lacan reprend l'appartement pour y loger Sylvia, Laurence et Judith. Été 1948, Lacan et Sylvia se rendent en pèlerinage à Sils Maria : ils envoient une carte postale à M. et Mme Georges Bataille à Vézelay. Bataille encourage Lacan à écrire, publier et se faire connaître. Lacan connaît Bataille de façon intime.

Jacques Lacan reçoit une commande de Jean Paulhan : préfacer *La Philosophie dans le boudoir* pour l'édition du cercle du Livre précieux. Lacan s'exécute. Mais Paulhan estime ce texte illisible et l'écarte de publication. Paradoxalement, cette préface réapparaît dans la revue *Critique* en avril 1963 comme compte rendu de l'ouvrage que Lacan devait préfacer ! Entre-temps, le succès des *Écrits* a rendu l'auteur célèbre... Le texte demeurait pourtant un exemple parfait de l'impossible langue autiste de son auteur.

Précisons qu'un ouvrage intitulé *789 néologismes de Jacques Lacan* confirme la thèse qu'un auteur qui invente autant de mots se propose moins de communiquer avec son lecteur que d'en faire un disciple soumis auquel on demande avant toute chose d'apprendre sa langue. Dès lors, cette dernière s'avère moins un moyen pour parvenir à une fin (comprendre quelque chose d'un hypothétique contenu...) qu'une fin en elle-même (se soumettre le lecteur sur le principe du psittacisme). L'esprit de la secte se concentre dans cette verbigération à usages privés.

Que contient ce texte intitulé *Kant avec Sade* ? Les premières lignes le disent tout de go : Sade n'anticipe pas Freud – une « sottise », écrit-il même clairement. Mais moins de dix lignes plus loin, Lacan affirme que Sade déblaie le terrain : il « prépare la science en rectifiant l'éthique », ce qui signifie qu'il inaugure un cheminement de cent ans permettant « que la voie de Freud soit praticable ». Si préparer la route, ouvrir la voie, rendre possible ne signifie pas anticiper, il faut le démontrer... Car, pour Lacan, Freud sans Sade est inimaginable. Précisons : Freud sans un siècle de lecture de Sade, à quoi il faut ajouter soixante ans pour qu'on comprenne pourquoi, n'est pas imaginable. En 2012, nous y étions...

La lecture des gloses de ce texte incompréhensible dans son détail et indigent dans ce que l'on comprend (l'éthique, c'est le problème de l'Autre ; la douleur est plus longue que le plaisir ; la loi c'est le désir refoulé – quelles trouvailles !) montre qu'en face de l'incapacité à comprendre, au lieu d'affirmer clairement que le roi est nu, le glosateur parodie, répète, fait le perroquet. Dès lors, ces clowns tristes de la pensée française jonglent avec les mots de la secte : jouissance et loi, désir et plaisir, fantasme et perversion, objet petit « a » et sujet barré, sujet brut et principe de plaisir, formule et poinçon, ils nouent une phrase en grec et un mot en allemand, puis concluent avec des formules nébuleuses qui impressionnent les sujets en quête de soumission.

Lacan fait du Boudoir un lieu philosophique au même titre que l'Académie de Platon, le Lycée d'Aristote ou la Stoa des stoïciens. Dans cette salle au divan (!), Sade propose une éducation libertine dans laquelle l'impératif catégorique exige la jouissance sans limites, sans souci de l'avis ou du consentement d'autrui. Pour Lacan, *La Philosophie dans le boudoir* constitue un « traité de l'éducation ». Quelle éducation ? On y apprend, paradoxe porté à son degré maximal d'incandescence, que la vérité de ce livre sous-titré « Les instituteurs immoraux » se trouve dans... la *Critique de la raison pratique* d'Emmanuel Kant ! Voici donc la thèse claire de la démonstration nébuleuse des vingt-neuf pages de ce *Kant avec Sade*.

Ironique, provocateur ou franchement inconscient, Lacan invite le lecteur qui ignore la deuxième critique kantienne à cesser la lecture de son propre texte au profit de celui du philosophe allemand... Quiconque peut continuer la lecture de l'histrion freudien parce qu'il connaît la *Critique de la raison pratique* avoue une franche stupéfaction, car ce texte qui précède de huit années celui de Sade montre que la raison pure peut être pratique, autrement dit que le criticisme rend possible une éthique, puis une morale.

Kant explique pourquoi et comment la recherche du bonheur, l'amour de soi ou la quête du plaisir ne constituent jamais des lois pratiques. La vertu consiste à tendre vers la sainteté, un idéal de la raison inatteignable, mais qui fournit la direction de l'intention morale ; le bien est susceptible d'universalisation ; la légalité signale l'action conforme au devoir ; la moralité coïncide avec l'action conforme à l'intention pure pour laquelle on effectue le bien non par intérêt, mais parce qu'il s'agit du bien. Kant récuse l'épicurisme, le stoïcisme et l'empirisme : il inscrit sa réflexion dans une logique transcendantale.

La *Critique de la raison pratique* comporte également dans son troisième livre la « Dialectique de la raison pure pratique », une triple proposition radicalement anti-sadienne. Après son démontage de la métaphysique occidentale, Kant révèle en effet trois « postulats de la raison pure pratique » – il s'agit de sa proposition positive après le travail déconstructeur de la *Critique de la raison pure*. Il s'agit de *l'existence de Dieu*, de *l'immortalité de l'âme* et de *la liberté*. Or chacun sait que la philosophie de Sade repose tout entière sur la négation de ces postulats de la raison pure pratique : *Dieu n'existe pas*, il n'y a que nécessité de la nature par-delà bien et mal ; *l'âme immatérielle n'existe pas*, il n'y a qu'une âme matérielle, corruptible, faite d'atomes agencés, la mort mettant fin à cet agencement, mais pas aux particules ; la *liberté n'existe pas*, il n'y a que fatalité matérialiste, pur déterminisme atomique, mécanique de particules... La question est donc moins Kant *avec* Sade que Kant *contre* Sade !

Car à quoi a servi la lecture de Kant pour comprendre cet article de Lacan ? À rien... Lacan rédige la maxime de Sade : « J'ai le droit de jouir de ton corps, peut me dire quiconque, et ce droit, je l'exercerai, sans qu'aucune limite m'arrête dans le caprice des exactions que j'aie le goût d'y assouvir. » Faut-il rappeler que Kant écrit dans les *Fondements de la métaphysique des mœurs* : « Agis de telle sorte que tu traites l'humanité aussi bien dans ta personne que dans la personne de tout autre toujours en même temps comme une fin, et jamais simplement comme un moyen », ce qui semble tout de même, y compris pour un lecteur moyen, assez antinomique...

Si Lacan voulait un *Kant avec Sade*, il devait renvoyer à la *Doctrine du droit* (la première partie de la *Métaphysique des mœurs*), un ouvrage en contradiction avec la morale de la *Métaphysique des mœurs* au nom de la politique : on y trouve en effet un Kant cruel qui justifie la peine de mort ; qui explique qu'un enfant né hors mariage, donc hors le droit, ne saurait être protégé par le droit, ce qui interdit *de facto* les poursuites contre une mère infanticide ; qui pense pareillement avec une personne tuée en duel, une pratique interdite par la loi qui empêche la protection de celui qui s'y soustrait ; qui interdit la révolte du peuple contre son souverain, même si ce dernier parvient illégalement au pouvoir – mais Lacan veut ignorer ce livre.

Alors pourquoi Kant *avec* Sade ? Lisons cette phrase pour disposer d'une réponse et, en même temps, découvrir le haut degré démonstratif lacanien : « Pour Sade, on est toujours du même côté, le bon ou le mauvais ; aucune injure n'y changera rien. C'est donc (*sic* !) le triomphe de la vertu » (re-*sic* !). Voici donc l'opération du Saint-Esprit, le jeu de pensée du bonneteau sadien : chez Sade, on est toujours du même côté, donc (pourquoi donc ?) serait-ce le triomphe de la vertu ? Performatif lacanien...

Pas besoin d'aller chercher plus loin. Nul besoin de lire Sade ou Kant. De la même manière que Kant écrit dans la *Critique de la raison pratique* : « Je veux qu'il y ait un Dieu », Sade pourrait écrire : « Je veux que Sade soit vertueux »... Et pourquoi le serait-il, comme Kant ? Parce que chez lui, comme chez le philosophe allemand, l'impératif catégorique concerne l'Autre. La belle affaire ! Quelle trouvaille ! Sauf que le penseur de l'impératif catégorique *altruiste* ne saurait être confondu avec le penseur de l'impératif catégorique *isoliste* sous prétexte que l'un et l'autre défendent un impératif catégorique !

Seul le contenu de cet impératif importe, et non sa forme pure. Ce que veut l'un, sur le terrain de la raison pure pratique, se trouve absolument aux antipodes de ce que prescrit l'autre... « Mais pfutt ! » comme Lacan écrit dans *Kant avec Sade*...

Le nihilisme triomphe avec ce tour de passe-passe lacanien : Sade kantien, Kant sadien, mais surtout Kant et Sade lacaniens ! L'invitation sadienne à détruire l'autre pour jouir de cette pulsion de mort vaut pour Lacan la proposition kantienne d'une éthique de la priorité de l'autre, fût-ce au prix de la destruction de soi, tout devient dès lors possible ! Pour quelles raisons ? Parce que Kant et Sade défendent l'un et l'autre un discours sur l'Autre – même si l'un vise sa néantisation, l'autre, sa sublimation, la forme pure seule importe aux yeux de Lacan. Lacan partage, avec la cohorte des penseurs officiels, cette idée que les actes réitérés de délinquance sexuelle chez Sade définissent « quelques badinages »... Dès lors, le postulat d'un marquis de Sade chez qui triomphe la vertu dispensera d'une démonstration claire, le performatif suffit ! Restons kantien, pour rire un peu, à quoi bon les rudesses et les souffrances de l'apodictique en philosophie quand l'institution permet la facilité et l'argument d'autorité de l'assertorique ? Disons-le autrement : pourquoi donc se fatiguer comme Kant si l'on peut hystrionner comme Lacan ?

« Sergent du sexe »

Contre la légende d'un Sade contre-fou

Dans sa thèse de doctorat, *Histoire de la folie à l'âge classique* parue en 1961, Michel Foucault renverse les valeurs qui opposent habituellement le fou et celui qui ne l'est pas, avant d'inviter, entre les lignes, à brouiller les lignes de partage entre le normal et le pathologique. Dans cette perspective de transfiguration de la folie en génie, Sade joue un rôle majeur aux côtés de Goya et Nerval, Hölderlin et Artaud, Nietzsche et Van Gogh préférés aux incontournables Platon et Aristote, Descartes et Kant, Hegel et Marx. Cette façon de procéder renvoie à la biographie de Foucault. L'homme qui fut en effet associé au structuralisme qui brille par l'éviction du sujet, de l'auteur, de l'écrivain, au profit du seul texte célébré sans contexte, affirmait en 1982 dans un entretien avec R. Martin à l'université du Vermont : « Chacun de mes livres représente une partie de mon histoire » (*Dits et Écrits*, IV, 779). On peut donc concevoir que ses rapports à tel ou tel penseur procèdent chez lui d'un moment biographique.

Dès lors, on comprend l'existence de deux Sade chez Foucault : le premier, celui de l'*Histoire de la folie* (1961), triomphe en autoportrait à peine travesti ; le second, celui de *Sade, sergent du sexe* (1975), fonctionne toujours comme un portrait, mais celui d'hier ne coïncide plus très exactement à ce qu'est devenu le philosophe : le paria provincial et sans œuvre monté à Paris qui vit difficilement son homosexualité est devenu professeur au Collège de France, penseur célèbre et installé internationalement, référence intellectuelle incontestée. Mai 68 est passé par là, l'institution a récompensé ses élèves turbulents...

Le Foucault qui affirme en 1984 à Paul Rabinow : « La vie privée d'un individu, ses choix sexuels et son œuvre sont liés entre eux, non pas parce que l'œuvre traduit la vie sexuelle, mais parce qu'elle comprend la vie aussi bien que le texte. L'œuvre est plus que l'œuvre : le sujet qui écrit fait partie de l'œuvre » (*Dits et Écrits*, IV, 607). Cela n'interdirait donc probablement pas le croisement de ses lectures de Sade et de sa biographie, ni qu'on lise sa thèse, *Histoire de la folie*, comme un fragment autobiographique. La preuve : « Il n'y a pas de livre que j'aie écrit sans, au moins en partie, une expérience directe, personnelle. J'ai eu un rapport personnel, complexe à la folie et à l'institution psychiatrique » (*Dits et Écrits*, IV, 46).

Le goût de Foucault pour la mort associée au plaisir, le désir lié à la souffrance et la sexualité jointe aux expériences limites qui mettent en péril la vie, travaillent douloureusement le philosophe depuis ses plus jeunes années. Sa biographie montre sans ambages un tempérament profondément dépressif : à l'ENS, *se réclamant de Sade*, il poursuit un camarade avec un couteau ; dans cette école, un professeur le retrouve inanimé gisant au sol avec des entailles de rasoir sur la poitrine ; à l'École normale, sa chambre jouxte l'infirmerie, à dessein ; accompagné par son père qu'il déteste, il séjourne en hôpital psychiatrique ; le psychiatre Jean Delay le prend en consultation ; il s'inflige probablement plusieurs tentatives de suicide, dont deux avérées en 1948 et 1950 à vingt-deux et vingt-quatre ans ; en 1956, il entretient une relation amoureuse avec le musicien Jean Barraqué, la sexualité brutale et dangereuse du philosophe conduit le compositeur à écrire une lettre de rupture dans laquelle on lit ceci : « Je ne veux plus être l'acteur ou le spectateur de cet avilissement. Je suis sorti de ce vertige de folie » (Eribon, 89).

Foucault quitte la France pour la Suède où il pense trouver un climat moins toxique pour vivre son homosexualité – à tort. Il travaille comme un forcené à sa thèse, plusieurs heures par jour, enfermé dans la bibliothèque à compulser des archives. On souligne peu que Foucault philosophe a moins le souci de la réalité que de l'archive qui la rapporte ou la restitue. Le fou définit moins de façon nominaliste tel ou tel individu, tel personnage (qui pourrait être

lui...), que ce que les textes, les documents, les archives disent de lui. Foucault fait de la folie une invention gouvernementale, et non une réalité concrète. L'*Histoire de la folie* propose un genre d'inversion des valeurs : on ne doit plus opposer la folie du fou et la santé de la société, mais la santé du fou et la folie de la société...
Dans cette configuration révolutionnaire, au sens copernicien du terme, Sade incarne l'anti-Descartes, car le philosophe du XVIIe siècle incarne la raison raisonnable et raisonnante. *Les Cent Vingt Journées de Sodome* fonctionnent chez Foucault comme l'antidote au *Discours de la méthode...* Pendant des siècles, on associe le philosophe au sage. Foucault opère un renversement radical et inscrit Sade dans la généalogie du philosophe comme fou... Il inaugure cette chaîne dans laquelle on trouve habituellement Goya (des représentations de ses peintures de massacres, de dépècements, de guerres, de cannibalisme figuraient sur les murs de sa chambre à l'ENS), Hölderlin, Nietzsche (qui agit sur lui comme un électrochoc intellectuel), Van Gogh, le « suicidé de la société » selon Artaud,

lui aussi sur la liste – on imagine sans peine Foucault s'inscrivant secrètement dans ce lignage... Sade apparaît alors comme le transgresseur par excellence, l'homme qui pulvérise la raison occidentale, un crime métaphysique dont se venge la société en le déclarant « fou ». La folie n'existe donc pas, elle est une fiction d'archive. En revanche, il existe bel et bien un discours de la société sur ce qu'elle nomme « folie ». Foucault se fait le généalogiste et l'archiviste de ce discours-là, puis il soutient une thèse en Sorbonne avec ce travail d'historien appelé à devenir un ouvrage majeur dans la façon de penser la folie dans la seconde moitié du XXe siècle. L'antipsychiatrie se nourrit de ce livre et lui donne un écho hors institution universitaire. Le signe du grand livre. Mais comme tout grand livre génère ses poisons, l'extrapolation guettait le travail de Foucault : la déraison devint raison nihiliste transfigurée en nouvelle divinité d'après la mort des dieux en Mai 68. La folie devint norme et la société fut déclarée folle.

L'homosexualité de Foucault fut aussi difficile à vivre à Uppsala qu'à Poitiers, sa ville de naissance, ou à Paris. Tout autant qu'à Varsovie, qu'il rejoint après la Suède, mais doit quitter en 1959, car la police politique, informée de sa vie sexuelle, l'enjoint de retourner en France. Nommé à l'université de Clermont-Ferrand, il y termine sa thèse. Gageons que cette modalité sadomasochiste de son homosexualité ne simplifie pas les choses. D'où son désir pratique, devenu bien vite théorique, d'effacer les traces, de disparaître, de recourir à des masques. On sait le rôle que ce Sade sans visage et sans tombe peut jouer dans ce scénario. Lisons *Qu'est-ce qu'un auteur ?* (1969) comme le témoignage de ce travail autobiographique.

Ce texte constitue une version modifiée d'une conférence donnée à l'université de Buffalo dans l'État de New York (précisons que le manuscrit de cette conférence se trouve à l'Imec de Caen en Basse-Normandie et que j'ai formulé à deux reprises une demande de consultation subtilement refusée, puisqu'on n'a jamais répondu à mes courriers...). La thèse sadienne de cette intervention ? « L'auteur n'est exactement ni le propriétaire ni le responsable de ses textes ; il n'en est ni le producteur ni l'inventeur » (*Dits et Écrits*, I, 789). En une phrase empruntée à Beckett : « Qu'importe qui parle ? »... Où l'on voit que Foucault a bien lu Barthes !

Foucault prend acte de l'effacement de l'auteur et de la disparition du signataire des textes qui ne renvoient qu'à eux-mêmes. Dès lors : à quoi bon le contexte, la biographie, la liaison entre le philosophe, sa philosophie, sa production livresque et sa vie ? Le livre est autoréférent. Cette époque qui, dans sa formule lacanienne, porte la psychanalyse freudienne au pinacle, avoue paradoxalement, et sans craindre la contradiction, que l'œuvre n'entretient aucune relation avec son auteur. Il m'avait pourtant semblé que la théorie de la sublimation freudienne affirmait le contraire !

Dans cette perspective, l'écriture devient une pure affaire de signifiés purs. Elle « s'est affranchie du thème de l'expression : elle n'est référée qu'à elle-même. [...] Elle est un jeu de signes ordonné moins à son contenu signifié qu'à la nature même du signifiant » (793) : dans l'écriture, le sujet disparaît, voilà donc pourquoi cette activité entretient une parenté intime avec... la mort ! Sade n'invite donc pas à exacerber la morale féodale, à compter les femmes pour rien, à violer sans relâche, à torturer, détruire, massacrer ; il ne propose pas qu'on effectue des rafles de jeunes filles, qu'on les déporte dans des forteresses, qu'on les dénude, qu'on leur tatoue un numéro, qu'on les tonde, qu'on leur inflige le port d'un uniforme avec des pièces de tissus colorés pour les distinguer, qu'on leur fasse subir les pires outrages, qu'on organise des spectacles de pendaison, qu'on remplisse des fosses de cadavres – toutes joyeusetés décrites dans *Les Cent Vingt Journées de Sodome*, non : Sade agence de purs signifiants sans souci de leurs signifiés, dans la seule perspective de disparaître, comme dans la mort !

Quelles sont les conséquences de cet effacement de l'auteur ? Désormais, plus question d'envisager que l'auteur entretienne une relation avec l'œuvre – puisque le premier est mort, et que seule la seconde vit. À partir de maintenant, il faut « analyser l'œuvre dans sa structure, son architecture, dans sa forme intrinsèque et dans le jeu de ses relations internes » (794). Et Foucault de citer Sade et Nietzsche. Quid de l'œuvre ? Où commence-t-elle ? Où s'arrête-t-elle ? Quel statut donner à la note de blanchisserie de l'auteur du *Zarathoustra* ?

Le texte sans son auteur vit sa vie de façon autonome : il est objet d'appropriation libre, Mai 68 oblige… Ce qui légitime une œuvre est moins le nom de son auteur que son usage par les lecteurs. Fin des pleins pouvoirs du signataire du texte soutenu dans l'illusion légitimée par le droit d'auteur qu'il créerait son œuvre comme Dieu produirait le monde ; avènement du lecteur créateur du sens de l'œuvre sans souci de ce qu'a voulu dire l'auteur. On ne sache pas que le texte de cette déclaration intempestive de la mort de l'auteur publiée sous forme d'article *signé* dans le très sérieux *Bulletin de la Société française de philosophie* dans sa livraison de juillet-septembre 1969 ait été suivi par Foucault d'un renoncement à ses droits d'auteur… Sadien, mais pas trop !

À la faveur d'une polémique médiatique, *Les mots et les choses* (1966) offrent à Foucault une grande visibilité dans le paysage intellectuel français – et international. On sait que le livre se termine sur l'annonce de la mort de l'homme ; les médias se demandent alors comment on peut annoncer une pareille chose, d'où le branle-bas de combat journalistique ! Puis il y eut *L'Archéologie du savoir* (1969), l'entrée au Collège de France (1970), *L'Ordre du discours* (1971), sa leçon inaugurale. Foucault creusant son sillon institutionnel, son rapport à Sade se modifie.

Au premier Sade en deux temps positifs (Sade, philosophe de la transgression radicale ; Sade, penseur de l'effacement de l'auteur) fait suite un second Sade négatif : *Sade, sergent du sexe*, selon le titre programmatique d'une intervention de 1975. Des raisons probablement biographiques expliquent pourquoi et comment cette référence à Sade, d'abord positive, devient négative.

Ce texte est un entretien pour la revue *Cinématographe*. Il y est question du sadisme au cinéma et de l'incapacité d'y adapter Sade.

Foucault récuse l'association Sade, sadisme et nazisme proposée par Pasolini. Le national-socialisme ne procède pas, pour lui, des délires érotiques du XIXe siècle, mais du fantasme eugéniste de petits-bourgeois du XXe qui, avec un « fantasme de femme de ménage » (*sic* !), ont voulu purifier, nettoyer, laver la société de ces saletés… Bien que, dans un premier moment de l'entretien, il dissocie le nazisme et l'imaginaire sexuel, le philosophe se demande dans un second temps pourquoi l'engouement, aux États-Unis précise-t-il, pour les bottes, les casquettes et les aigles ? À l'évidence, Foucault renvoie à ses expériences ultraviolentes dans les milieux gays américains, sa pratique effective depuis les années 1970…

Lisons sa réponse à cette interrogation : « N'est-ce pas l'incapacité où nous sommes de vivre réellement ce grand enchantement du corps désorganisé, qui nous fait nous rabattre sur un sadisme méticuleux, disciplinaire, anatomique. Le seul vocabulaire que nous possédons pour retranscrire ce grand plaisir du corps en explosion serait-il cette fable triste d'une récente apocalypse politique ? Ne pouvoir penser l'intensité du présent que comme la fin du monde

dans un camp de concentration ? Voyez comme notre trésor d'images est pauvre ! »
Et puis, quelques secondes plus tard : « Je ne suis pas pour la sacralisation absolue de Sade. Après tout, je serais assez prêt à admettre que Sade ait formulé l'érotisme propre à une société disciplinaire : une société réglementaire, anatomique, hiérarchisée, avec son temps soigneusement distribué, ses espaces quadrillés, ses obéissances et ses surveillances. Il s'agit de sortir de cela, et de l'érotisme de Sade. Il faut inventer avec le corps, avec ses éléments, ses surfaces, ses volumes, ses épaisseurs, un érotisme non disciplinaire : celui du corps à l'état volatil et diffus, avec ses rencontres de hasard et ses plaisirs sans calcul » (*Dits et Écrits*, II, 821-822). Foucault déplore que l'érotisme ait eu besoin de ce soufre, de cette nuit du sexe, de cette association entre le plaisir et la mort. Et si cet état de fait procédait de Sade, alors Foucault n'hésite pas à le sacrifier : « Tant pis alors pour la sacralisation littéraire de Sade, tant pis pour Sade : il nous ennuie, c'est un disciplinaire, un sergent du sexe, un agent comptable des culs et de leurs équivalents. » Ouf, il

était temps : nous sommes fin 1975, année de parution de *Surveiller et punir* : l'auteur de ce dernier texte ne pouvait passer à côté du caractère fondamentalement disciplinaire et policier de Sade !

L'année suivante, Foucault publie *La Volonté de savoir* (1976) présentée comme le premier tome d'une *Histoire de la sexualité* appelée à en comporter six. On connaît la thèse paradoxale de cet ouvrage : l'Occident n'aurait jamais réprimé le sexe, bien qu'obligé d'en parler d'une certaine manière. En vertu de cette logique, Sade entretient du sexe comme s'il rédigeait un traité de direction spirituelle... Foucault inscrit ensuite la démarche de Sade dans la généalogie eugéniste. Lisons : « Sade reporte l'analyse exhaustive du sexe dans les mécanismes exaspérés de l'ancien pouvoir de souveraineté et sous les vieux prestiges entièrement maintenus du sang ; celui-ci court tout au long du plaisir – sang du supplice et du pouvoir absolu, sang de la caste qu'on respecte en soi et qu'on fait pourtant couler dans les rituels majeurs du parricide et de l'inceste, sang du peuple qu'on répand à merci puisque celui qui coule dans ses veines n'est même pas digne d'être nommé ». Foucault conclut en parlant chez Sade d'un « droit illimité de la monstruosité toute-puissante »... Sur ce sujet, Foucault rendait à la philosophie sa dignité.

Le philosophe travaille à fonder une éthique nouvelle avec une érotique solaire quand le sida ravage sa vie et nous prive de son intelligence. Sa fréquentation des communautés gays en Californie lui offrait depuis plus d'une quinzaine d'années l'exemple de microsociétés électives, contractuelles, volontaires, dans lesquelles le sexe n'était pas infligé, donc nocturne, mais désiré, donc solaire. Loin de Sade le féodal qui imposait sa loi sexuelle, il proposait un contrat libertaire, hédoniste, voluptueux et sensuel. Dans les derniers temps de son existence, il théorisa même la douceur du sadomasochisme contractuel. Sur la fin de sa vie, Foucault voulut philosophiquement tuer et enterrer Sade. La mort le lui interdit...

Conclusion

« Les charniers complètent les philosophies »

L'abjuration de Sade par Foucault signe une disparition de cet auteur dit maudit comme moment incontournable de la philosophie contemporaine. Il n'y a plus que quelques auteurs d'arrière-gardes qui se réclament de l'avant-garde d'hier pour croire encore au pouvoir subversif de Sade… Auteur entré dans les manuels de philosophie, édité en livre de poche, publié dans les collections clubs, pléiadisé chez Gallimard, annoté par les universitaires, sujet de thèse, il faut être le faux joyeux Philippe Sollers pour croire encore à la puissance prétendument dissolvante du marquis de Sade ! Sous la plume de l'auteur de *La Divine Comédie* ou des *Illuminations* (oui, oui, il s'agit de titres de Sollers...), le patronyme de Sade apparaît dans une habituelle pluie de noms propres avec le pape et Debord, Joyce et Céline, Rimbaud et Picasso, Mozart et Vivaldi pour célébrer les vertus de la subversion en chambre. Dans *La Volonté de savoir*, Foucault parlait dès 1976 des « gages de *subversion* » (198) offerts par la citation de Sade. Presque quarante ans plus tard, nous y sommes encore...

Signalons en passant la monstruosité drolatique d'un *Sade moraliste*, une thèse publiée en 2005 par Jean-Baptiste Jeangène Vilmer, qui ouvre son pensum en remerciant le « directeur de recherche au CNRS et responsable de l'équipe "Sade" CNRS-Sorbonne », puis une pléiade de professeurs titrés, son éditeur, sa famille, ses parents, ses frères puis « sa muse » (!), avant de se mettre en demeure de prouver, citations des bons auteurs à l'appui, que le marquis n'est pas un immoraliste, contrairement aux affirmations de la vulgate, mais la quintessence du moraliste – une thèse si peu originale que, quelques pages plus loin, le thésard signale lui-même qu'elle date de 1887, qu'on la trouve chez Charles Henry et qu'elle persiste, inchangée, jusqu'à aujourd'hui, *via* une kyrielle de noms cités en preuve… Pourtant, il s'agit, selon l'impétrant, de terrasser avec ce travail deux siècles de platitudes sur Sade !

Suit le catalogue des habituelles sottises : il ne fut pas un bourreau, mais une victime ; Apollinaire a dit et vu juste sur le marquis ; sa vie fut un modèle de vertu et ses œuvres, sans rapport avec son existence ; le texte sadien n'a pas à être pris à la lettre ; l'écriture sadienne est substitution et sublimation ; les discours des personnages ne sont pas assimilables à la pensée de Sade ; Sade est un philosophe ; toutes les lectures de Sade sont fautives, sauf la sienne – suit alors une célébration des lectures universitaires, seules recevables…

Dans un petit texte du même Jean-Baptiste Jeangène Vilmer intitulé *La Religion de Sade*, le rapprochement de Sade, du fascisme et des camps de concentration est présenté comme une sottise monumentale. Revenons sur les noms déjà cités des défenseurs de cette thèse pour constater, au contraire, combien elle est plus juste que celle du déni de l'histoire – ce que nous pourrions nommer un révisionnisme philosophique, une dénégation du réel au profit de la légende. Éloge, donc, de ces lecteurs lucides :

Le premier : Michel Leiris qui, analysant dans son *Journal* la férocité activée par les nazis, constate que l'eugénisme qui suppose l'inégalité, puis l'infériorité des races, justifie et légitime l'extermination de l'une par l'autre dans le projet d'améliorer la race humaine. Le nazi, sa chambre à gaz et son four crématoire s'inscrivent dans cette logique de façon rationnelle, humaine et morale si l'on inscrit son action dans un ordre scientifique ou biologique. Leiris ajoute : « Sade n'a pas fait autrement et l'on sait à quoi cela l'a mené, du moins en théorie » (420).

Le deuxième : Raymond Queneau dans *Bâtons, chiffres et lettres*. Le 16 juin 1945, l'auteur de *Zazie* réfléchit sur la nature réactionnaire de l'humour noir. Dans cette perspective, il fait de Sade, parmi d'autres, dont les surréalistes, un précurseur littéraire du national-socialisme. Le 1er septembre de la même année, Queneau consigne ses réflexions après la lecture d'un ouvrage « qui explique le sens réel de ces camps, qui était celui de déshumaniser l'être humain (ce qui est bien le but que se proposent les héros de Sade) » (199). Puis, le 3 novembre : Queneau se demande ce qui a façonné moralement et philosophiquement le nazisme. Sade figure parmi les auteurs analysés : « Il est incontestable que le monde imaginé par Sade et voulu par ses personnages (et pourquoi pas par lui ?) est une préfiguration hallucinante du monde où règnent la Gestapo, ses supplices et ses camps. » Plus loin, Queneau invite ceux qui souscrivent à Sade et à ses thèses « d'envisager, sans hypocrisie, la réalité des camps d'extermination avec leurs horreurs non plus enfermées dans la tête d'un homme, mais pratiquées par des milliers de fanatiques. Les charniers complètent les philosophies, si désagréable que cela puisse être » (216).

Le troisième : Horkheimer qui, en 1947, cosigne avec Adorno *La Dialectique de la raison* (plus judicieusement traduit par *Dialectique des Lumières*), un ouvrage dont un chapitre s'intitule « Juliette, ou Raison et morale », un texte plus écrit par Horkheimer qu'Adorno. Le philosophe de l'École de Francfort mène une analyse très serrée du concept de Raison, *a priori* chez Kant, mais, *de facto*, dans toute la tradition philosophique occidentale, puisqu'il flanque l'auteur de la *Critique de la raison pure* d'un aréopage coupable d'avoir utilisé « la Raison formelle » et généré de la sorte tous les maux contemporains, dont le national-socialisme : les stoïciens, Descartes, Leibniz, Spinoza, Hobbes, Machiavel, Mandeville, Nietzsche, *et Sade donc*.

La raison est donc la mère de toute négativité : parce qu'elle subsume la diversité du général sous le particulier d'un principe unique ; qu'elle fonctionne avec pour objectif la construction d'une forme systématique ; qu'elle hiérarchise les concepts ; qu'elle produit un ordre de façon autoritaire ; qu'elle nourrit des machines nihilistes comme la science, la technologie et la société industrielle ; qu'elle condamne les sentiments ; qu'elle vise uniquement la conservation de soi ; qu'elle veut la domination de la nature, sinon sa destruction ; qu'elle n'a aucun souci d'autrui. Pour toutes ces raisons, elle débouche inéluctablement sur le national-socialisme...

Pour Horkheimer, Kant et Sade contribuent à cette logique : Kant, parce qu'il identifie vérité et système scientifique ; qu'il fait du bourgeois libéral le sujet logique des Lumières ; qu'il ne fonde pas la morale, mais considère les forces éthiques comme un fait (la loi morale dans son cœur...) ; qu'il veut éradiquer les sentiments moraux au profit de l'obéissance à la loi parce qu'elle est loi. Sade, car il célèbre le bourgeois libéré de tout type de tutelle ; qu'il manifeste une passion pour l'organisation, le système, l'ordre et la discipline ; qu'il nie l'intersubjectivité amoureuse au profit de la jouissance corporelle autiste ; qu'il inscrit son libertinage dans la droite ligne catholique en divinisant le péché ; qu'il active une pensée misogyne, phallocrate, machiste, décalquée du judéo-christianisme ; qu'il hiérarchise les êtres en forts et en faibles, puis sépare les femmes des hommes comme les juifs des chrétiens ou les colonisés de leurs colons.

Sade prépare le nazisme car il critique la pitié. Le repentir donne un sens au passé. Or, pour la bourgeoisie, le passé, c'est le néant. Il est inutile, impossible à rentabiliser, sans intérêt. Seuls comptent le présent et la performance dans cette seule modalité du temps. Avec la psychanalyse, la pharmacie et l'éducation sexuelle, la bourgeoisie supprime l'amour au profit de la sexualité vécue comme une dépense jouissive par-delà bien et mal, sans aucun souci d'un autrui réifié, chosifié. Le corps devient une machine sexuelle lancée à pleine et vive allure. Les vices privés de Sade anticipent « les vertus publiques de l'ère totalitaire » (127). Éric Marty écrit dans *Pourquoi le XXe siècle a-t-il pris Sade au sérieux ?* « Sade, le chaînon manquant entre Kant et Auschwitz » (48)... Puis, page suivante : « Hitler est *déjà* chez Sade. »

Le quatrième : avec *L'Homme révolté* paru en 1951, Camus fait de Sade « l'homme de lettre parfait » – sous sa plume, il ne s'agit pas d'un compliment, au contraire ! Lisons ce long extrait : « Ses héritiers ne sont pas tous écrivains. Assurément il a souffert et il est mort pour échauffer l'imagination des beaux quartiers et des cafés littéraires. Mais ce n'est pas tout. Le succès de Sade à notre époque s'explique par un rêve qui

lui est commun avec la sensibilité contemporaine : la revendication de la liberté totale, et la déshumanisation opérée à froid par l'intelligence. La réduction de l'homme en objet d'expérience, le règlement qui préconise les rapports de la volonté de puissance et de l'homme objet, le champ clos de cette monstrueuse expérience, sont des leçons que les théoriciens de la puissance retrouveront, lorsqu'ils auront à organiser le temps des esclaves. Deux siècles à l'avance, sur une échelle réduite, Sade a exalté les sociétés totalitaires au nom de la liberté frénétique que la révolte en réalité ne réclame pas. Avec lui commencent réellement l'histoire et la tragédie contemporaines. Il a seulement cru qu'une société basée sur la liberté du crime devait aller avec la liberté des mœurs, comme si la servitude avait ses limites. Notre temps s'est borné à fonder consciencieusement son rêve de république universelle et sa technique d'asservissement. »
Peut-on être plus clair ?

Le cinquième : Hannah Arendt écrit dans *Les Origines du totalitarisme* (1951) que les écrivains fascistes de l'après-guerre ne lisent pas les théories raciales et racistes de Gobineau ou de Chamberlain, ni même les pages de Darwin sur la lutte pour la vie, mais... Sade (643). Insoucieux de ce que pourraient être des lois universelles, ces intellectuels ne voient que par la violence, la puissance et la cruauté. Ces vices transformés par leurs soins en vertus les sortent de l'univers : « Ils se satisfaisaient d'être les partisans aveugles de tout ce que la société respectable avait banni, sans considération de théorie ou de contenu, et ils élevaient la cruauté au rang de vertu cardinale parce qu'elle contredisait l'hypocrisie humanitaire et libérale de la société » (643-644). Arendt précise dans une note en bas de page : « En France, depuis 1930, le marquis de Sade est devenu l'un des auteurs favoris de l'avant-garde littéraire » (643). Concluons donc au jeu intellectuel d'une avant-garde se moquant des effets concrets de leurs transvaluations de valeurs et qui se trouvent révolutionnaires en se contentant, *déjà*, d'épater le bourgeois !

On me permettra de préférer ces prétendus crétins selon le thésard, auxquels il faudrait ajouter le sixième nom du Michel Foucault de 1975, aux errances parisiennes et mondaines de l'avant-garde littéraire et philosophique – Breton et le surréalisme, Bataille et sa fascination pour toutes les sanies, Barthes et sa religion textuelle, Lacan et son délire autiste, le Foucault structuraliste imbibé de ces prédécesseurs. Ajoutons les commentaires de Blanchot, Paulhan, Klossowski, Gilles Deleuze qui joue Masoch contre Sade. Vue d'Allemagne avec Horkheimer, vue d'Algérie avec Camus, vue des États-Unis avec Arendt, sinon vue d'Italie avec Pasolini, la passion (française) pour la méchanceté est ignorée par ces individus qui lisent ce qu'il faut lire dans Sade : l'apologie de la cruauté doublée de son aveu qu'on peut l'empêcher par la culture, mais de n'en rien faire tout de même.

Si Nietzsche a souvent été associé à Sade dans ces critiques, le philosophe allemand, lui, optait pour un déterminisme total et une nécessité absolue, sa vision du monde ne permettait pas, comme chez Sade, la lutte contre ce qui advenait et dont le caractère s'avérait inéluctable, impossible à éviter. Nietzsche était un tragique intégral ; pour sa part, Sade philosophe savait qu'on pouvait lutter contre le mal, mais refusait d'emprunter cette voie des Lumières pour lui préférer les Ténèbres et la jouissance dans le Mal. Nietzsche se pensait, se croyait et se disait par-delà bien et mal ; en revanche, Sade choisissait le mal contre le bien – ce qui lui procurait cette jouissance à laquelle la postérité a donné son nom.

Dans *La Passion de détruire*, Erich Fromm signale combien la gauche soixante-huitarde a revendiqué le pouvoir libérateur du sadisme. Pour lui, Marcuse, par exemple, considérait que la civilisation était construite sur la répression de la libido et qu'il fallait libérer cette dernière afin d'effectuer la seule révolution qui importe – y compris dans les cas d'indexation de la libido sur la pulsion de mort. Le sadisme, comme composant naturel, devait s'exprimer lui aussi.

Lisons : « Il est devenu très à la mode, chez quelques penseurs situés politiquement à gauche, tel Herbert Marcuse, de faire l'éloge du sadisme comme l'une des expressions de la liberté sexuelle de l'homme. Les écrits du marquis de Sade sont réimprimés dans des publications orientées politiquement à gauche en tant que manifestations de cette "liberté". Ils acceptent l'argument de Sade qui veut que le sadisme soit un désir humain et que la liberté exige que les hommes aient le droit de satisfaire leurs désirs sadiques et masochistes, au même titre que tous les autres, s'ils en tirent du plaisir » (294-295). Entendons-nous bien, cette négativité de Mai fut dialectiquement nécessaire : mais le combat contre les excès du passé a ici et là généré des excès présents en retour. La chape de plomb judéo-chrétienne tombe avec Mai 68 – et c'est heureux. Moins heureux, en revanche, le fait que cette négativité n'ait pas été suivie d'une réelle positivité libertaire ! La castration chrétienne abolie, reste un usage libre du sexe qui débouche sur un usage nihiliste de la chair – tout et n'importe quoi. Un nombre incroyable d'intellectuels, par exemple, a signé une pétition qui légitime la pédophilie en pensant que la fin d'une sexualité culpabilisée légitimait une sexualité sans éthique, comme celle que l'adulte inflige à l'enfant qui ne saurait consentir.

Dans ce jeu, Sade fut, avant Mai 68, l'occasion gramscienne d'un dynamitage idéologique initié par Apollinaire ; après Mai, il fut la cause et la caution d'un impensable nihilisme ; pour les plus lucides, Foucault en 1975, la référence au marquis cessa d'être pertinente. Restait alors, sur ce champ de bataille encore fumant, la formidable perspective de construire à nouveau. Pour en finir vraiment avec le judéo-christianisme, y compris avec sa formule gnostique sadienne, l'heure n'est plus à une érotique nocturne, mortifère, thanatophilique, mais à une érotique solaire. La guérison de la maladie judéo-chrétienne ne consiste pas dans l'inoculation du mal sadien, un dommage plus grand encore, mais dans la construction d'un éros libertaire et léger, réellement postchrétien.

Cette aurore véritable dispose de son philosophe : il a pour nom Charles Fourier, l'auteur d'un magnifique *Nouvel Ordre amoureux*, un anti *Cent Vingt Journées de Sodome* radical. Fourier légitime toute sexualité, y compris sadique ou masochiste, pourvu qu'elle soit voulue, consentie, contractuelle. Avec Fourier, on sort enfin vraiment du christianisme en matière de sexualité. Normal qu'on ait si peu entendu cette belle voix singulière. Normal également qu'on l'entende encore si peu aujourd'hui alors que l'écho des cris de Sade persiste et s'éternise... Normal que Sade, dernier avatar judéo-chrétien de cette civilisation, ait connu cette heure de gloire au XXe siècle. Mais le temps est venu d'en finir avec la religion des corps maltraités.

Table des matières

Dans la collection « Universités populaires et Cie » aux Éditions Autrement

Onfray Michel, *Rendre la raison populaire*, 2012.

Poulouin Gérard (dir.), *Universités populaires, hier et aujourd'hui*, 2012.

Onfray Michel (dir.), *Le Canari du nazi. Essais sur la monstruosité*, 2013.

Onfray Michel et Clément Jean-Yves, *La Raison des sortilèges. Entretiens sur la musique*, 2013.

Idée Jean-Claude, *Manifeste pour une université populaire du théâtre*, 2013.

Pleux Didier, *Françoise Dolto, la déraison pure*, 2013.

Misrahi Robert, *La Joie d'amour*, 2014.

Onfray Michel, *Le réel n'a pas eu lieu : le principe de Don Quichotte*, « Une contre-histoire de la littérature », 2014.

Du même auteur aux Éditions Autrement

Manifeste hédoniste, 2011.

Achevé d'imprimer en septembre 2014 chez Grafica Veneta, Italie,
pour le compte des Éditions Autrement,
17, rue de l'Université, 75007 Paris.
Tél. : 01 44 73 80 00.
N° d'édition : L.69EHAN001019.A002. ISBN : 978-2-7467-3955-0.
ISSN : 2262-600X.
Dépôt légal : août 2014.